The Diamond Guys

Jared

Jade McQueen ist das Pseudonym befreundeter Autorinnen, die bereits unabhängig voneinander erfolgreich Liebesromane veröffentlicht haben. Nun schlagen sie sich mit gemeinsamem Plotten und Schreiben die Nächte um die Ohren und haben riesigen Spaß dabei. Wie genau sie für diese spezielle Serie recherchiert haben, wollen sie allerdings nicht verraten …

Jade McQueen

THE DIAMOND GUYS

Jared

ISBN 978-1512212877

www.facebook.com/TheDiamondGuysSeries

Prolog

Jared Jafferson liebte seinen Job. Er liebte das Tanzen. Er liebte die Musik. Er liebte die anderen Jungs und er liebte die Frauen. Aber mehr noch liebte er die Herausforderung.

„Jared!“ Norah schob ihn weg. „Wie oft habe ich dir schon gesagt, dass ich Berufliches und Privates voneinander trennen will.“

„Das will ich doch auch“, raunte Jared in ihr Ohr. „Auf der Bühne gehöre ich allen, doch jetzt gerade gehöre ich nur dir.“

Er stellte sich breitbeinig vor der jungen Kellnerin auf und ließ seine Hand ihren Hals entlanggleiten. Mit Genugtuung bemerkte er, wie sie unter seiner Berührung erschauerte. Er machte sie eindeutig nervös, auch wenn sie noch so sehr versuchte es zu leugnen.

Norah war eine bildhübsche Frau Mitte zwanzig mit weiblichen Kurven. Jared hätte sie jedoch genauso attraktiv gefunden, wenn sie flach wie ein Brett oder adipös gewesen wäre. Was ihn anzog, war nicht so sehr ihr Aussehen, sondern vielmehr ihr Widerstand.

Norah sah ihn an und ihr blonder Pferdeschwanz wippte hin und her, als sie den Kopf schüttelte. Sie trug einen Rock, der ihr bis zu den Knien reichte, und eine hochgeschlossene Bluse. Die weibliche Kundschaft war immerhin da, um nackte Männer zu sehen und nicht nackte Frauen.

„Jared. Ich fange nichts mit einem von euch Jungs an“, sagte sie. „Mein Onkel bringt uns beide um, falls er was davon erfährt.“

Jared seufzte. Norahs Onkel war sein Chef Mr. D, und der sah es gar nicht gerne, wenn seine Nichte angebaggert wurde.

„Er muss es ja nicht erfahren“, flüsterte Jared und sie lachte.

„Ich wiederhole: Ich fange nichts mit einem von euch an. Und vor allem nicht mit dir, Jared. Einigen der anderen Jungs würde ich ja noch glauben, dass sie ernste Absichten verfolgen. Fynn ist zum Beispiel einer von der guten Sorte. Aber du? Nie im Leben.“

Sie befanden sich in einer Nische hinter der Bühne und Jared war klar, dass sie jeden Moment entdeckt werden konnten. Aber das machte es für ihn nur noch interessanter. Das, und die Tatsache, dass Norah zwar mit ihm flirtete, aber ihn dann abwies. Und zwar immer und immer wieder.

„Ich habe nie behauptet, dass ich ernsthafte Absichten verfolge, Norah. Ich behaupte nur, dass du mit mir eine Liebesnacht erleben kannst, die du nie wieder vergisst.“

Norah grinste. „Ich glaube, du überschätzt dich.“

„Ach wirklich?“

Jared fuhr mit einer Hand über ihre Hüfte und ihren Schenkel. Norah keuchte auf und errötete leicht.

„Finger weg“, rief sie und schlug nach seiner Hand. Tadelnd wedelte sie mit ihrem Zeigefinger vor seiner Nase hin und her. „Es mag ja ganz unterhaltsam sein, von dir angeflirtet zu werden, Jared. Aber es gibt Grenzen, die auch du nicht überschreiten solltest."

Jareds Mundwinkel zuckten und er beugte sich noch einmal nach vorne. Dabei kam er so nahe an sie heran, dass ihre Brüste seinen Oberkörper berührten.

„Du machst einen Fehler, wenn du mich abweist. Du weißt ja gar nicht, was du verpasst."

Norah wand sich aus seiner Umarmung und warf ihm einen spöttischen Blick zu.

„Vielleicht nicht", sagte sie. „Aber ich weiß, was du verpasst. Und zwar deinen nächsten Auftritt. Wenn ich mich nicht täusche, dann bist du jeden Moment dran. Und wenn ich mich nicht sofort wieder um die durstigen Gäste kümmere, macht mein Onkel mir die Hölle heiß."

„Du hast doch Raucherpause. Haben wir nicht heute diese Neue da, zum Probearbeiten?"

„Ramona? Die ist zum Kellnern so geeignet wie du fürs Kloster. Mein Onkel sollte sich wirklich bemühen, mal jemanden zu finden, der weiter zählen kann als bis drei. Ganz offensichtlich gibt es kaum kluge Mädchen, die bereit sind, in einem Männerstripclub zu arbeiten."

„Dann ist es ja gut, dass du da anders bist."

Er lächelte herausfordernd und sie schob ihn weg.

„Jetzt hör schon auf, deinen Charme zu versprühen. Wenn ich nicht genau wüsste, dass du mich morgen wieder wegwerfen würdest wie ein gebrauchtes Kondom, dann …"

„Kondome?", fragte Troy, der von hinten an sie herangetreten war, und die beiden fuhren auseinander. „Oh. Braucht ihr welche? Ich glaube, ich hab hier irgendwo ..." Er tastete seinen Arztkittel ab. „Ach nein. Tut mir leid. Die waren in dem anderen Kostüm."

Er lächelte entschuldigend und Jared hätte ihm am liebsten den Hals umgedreht. Troy hatte ein Talent dafür, immer zur falschen Zeit am falschen Ort aufzutauchen.

„Zieh Leine, Dr. Feelgood", knurrte er und Troy zuckte zurück.

„Hab ich hier gerade etwas über Kondome gehört?", fragte nun auch Rick, der in voller Kriegermontur neben sie trat und anzüglich grinste. Zur Abwechslung trug er heute eine Ritterrüstung und ein Holzschwert statt seiner üblichen Wikingerverkleidung. Mit seinem Helm überragte er Jared um fast eine Kopflänge und sein Brustharnisch ließ ihn noch breiter wirken, als er ohnehin war.

„Wenn du schon einen von uns ranlässt, dann nimm wenigstens einen richtigen Kerl, Norah."

Sie verdrehte die Augen. „Redest du von dir, Rick? Ganz ehrlich. Mit dir würde ich nicht mal schlafen, wenn wir die letzten beiden Menschen auf Erden wären."

„Wie? Auch nicht, wenn es keine Sextoys gäbe?", fragte Troy.

Ungläubig starrte Norah ihn an und schüttelte dann bestimmt den Kopf.

„Jungs. Jetzt ist Schluss mit lustig. Ihr müsst auf die Bühne und ich muss Ramona helfen. Falls mein Onkel mitbekommt, dass wir uns hier hinten amüsieren, während die Mädels auf dem Trockenen sitzen und nichts zum Gucken haben, macht er uns alle einen Kopf kürzer. Also los jetzt. Husch, husch!“

Troy zuckte mit den Schultern und trollte sich. Rick rückte seinen Helm zurecht und machte ebenfalls, dass er davonkam. Doch als Norah wieder an die Arbeit gehen wollte, griff Jared nach ihrem Arm.

„Ich werde nicht so schnell aufgeben“, sagte er und sah sie eindringlich an.

„Ich weiß“, gab sie zurück. „Aber solange du nur auf eine kurze Affäre aus bist, habe ich kein Interesse. Tut mir leid, Snake. Und jetzt mach, dass du auf die Bühne kommst.“

Jared grinste und ließ sie los. Er atmete noch einmal tief durch und zog dann sein langärmeliges Shirt glatt, das er später zerreißen würde, um seine Tattoos zu entblößen. Schon hinter dem Vorhang konnte er das Kreischen der Ladies hören.

Die Bühne vibrierte unter dem Geklatsche und Mr. D stachelte das Publikum ordentlich an.

„Ein Anblick so heiß, dass er eigentlich in die Wüste gehört. Er ist so beweglich und elegant wie eine Natter. Ladies, ich bitte um einen großen Applaus für den einzigartigen … den atemberaubenden … SNAKE!“, rief er ins Mikrofon.

Zu den exotischen Klängen von Stings *Desert Rose*, trat Jared ins Rampenlicht. Als der Beifall der Damen ihn empfing, verspürte er ein starkes Gefühl der Genugtuung. Das hier war sein Leben. Seine Leidenschaft. Sein Applaus. Er liebte es. Und er würde es gegen nichts in der Welt tauschen wollen.

***

100, 200, 300. Der Abend hatte sich eindeutig gelohnt, auch wenn Jared Norah immer noch nicht dazu gebracht hatte, sich mit ihm zu verabreden. Sie war eine harte Nuss, die er aber unbedingt irgendwann knacken wollte.

„Hey, Snake“, sagte Matt und schlug ihm so hart auf den Rücken, dass die Scheine fast zu Boden gefallen wären. „Da hast du ja ordentlich Asche gemacht, was?“

Jared winkte ab und fing noch einmal von vorne an zu zählen.

„Als ob du dich beschweren könntest, Firecracker“, sagte er. „Die Mädels fliegen doch auf dich wie die Motten zum Licht.“

Rick lachte spöttisch. „Motte?“, fragte er. „Die Bitch, die dich den ganzen Abend über angeschmachtet hat, war doch wohl eher ne heiße Biene. Hey, Fynn. War das nicht die Freundin von deiner Alten?“

„Sarah“, erklärte Fynn ernst. „Ihr Name ist Sarah. Nicht Alte. Aber ja. Die junge Frau, die Matt schöne Augen gemacht hat, war Sarahs Freundin Roselyn.“

Fynn hatte nicht an der Show teilgenommen. Er litt immer noch unter den Nachwirkungen des Überfalls, den Sarahs Ex-Verlobter in Auftrag gegeben hatte. Seine geprellten Rippen heilten zwar gut, aber er würde erst in ein paar Wochen wieder auftreten können.

Trotzdem kam er regelmäßig in den Club, um nichts Wichtiges zu verpassen und zumindest hinter der Bühne auszuhelfen.

„Ich wette, diese scharfe Roselyn wartet auf dem Parkplatz auf dich, Matt", feixte Rick. „Die solltest du dir schnappen, bevor ich es tue."

Matt winkte ab. „Mach ruhig", erklärte er. „Die ist nicht mein Typ."

„Nicht dein Typ?", grollte Rick. „Bist du seit neuestem schwul? Der regelmäßige Kontakt zu Angelo tut dir nicht gut, was?"

Angelo sah kurz auf und ging dann in den hinteren Bereich des Umkleideraums ohne etwas zu sagen. Nachdenklich blickte Jared ihm hinterher. Es kam ihm eigenartig vor, dass sein Kumpel nicht auf Ricks Frotzeleien reagierte. Für gewöhnlich hatte Angelo immer einen lustigen Spruch auf Lager, wenn ihn jemand auf seine Homosexualität ansprach. Aber heute schien er nicht bei der Sache zu sein. Selbst auf der Bühne war er nicht hundertprozentig da gewesen und hatte deswegen weniger Trinkgeld bekommen als sonst. Offensichtlich stimmte etwas nicht mit ihm.

Jared machte sich von der Unterhaltung über Roselyn los und ging seinem Kumpel hinterher. Das konnte er unmöglich auf sich beruhen lassen.

Angelo war der Einzige, der einen richtigen Schminktisch in der Garderobe besaß. Natürlich war er auch der Einzige, der einen benötigte, aber Jared fand es trotzdem außergewöhnlich nett, dass Mr. D. diese Sonderstellung von Angelo unterstützte.

„Hey, Angel“, sagte Jared, als er sich neben seinen Kumpel an den Tisch lehnte. „Alles in Ordnung mit dir?“

Angelo zuckte mit den Schultern. „Klar. Warum?“

Er hatte schon geduscht und begann jetzt, großzügig Make-up auf seinem Gesicht zu verteilen.

„Du verhältst dich eigenartig.“

Angelo warf ihm einen sarkastischen Blick zu. „Du meinst, noch eigenartiger als sonst? Wenn du auch vorhast, dich über mich lustig zu machen, kannst du genauso gut gleich wieder gehen.“

„Angelo.“ Jared packte seinen Freund an der Schulter und zwang ihn aufzusehen. „Jetzt mal ernsthaft. Was ist los?“

Angelo ließ seinen Schminkschwamm sinken und atmete tief aus. „Ich will dich nicht da mit reinziehen.“

„Worein denn?“

„Naja. Ich … ich habe eine Nachricht von meiner Cousine bekommen.“

„Von der Kleinen, die in der Klinik ist?“

Angelo nickte.

Jared sog scharf die Luft ein. Angelo hatte ihm einiges über seine Cousine erzählt. Früher waren die beiden unzertrennlich gewesen, aber dann war ihre Mutter an Krebs gestorben und sie war mit ihrem Vater weggezogen. Was dann folgte, war ein Trauerspiel. Jared wusste nichts Genaueres, aber das Mädchen war wohl ordentlich auf Abwege geraten. Die letzten Monate hatte sie wegen Drogen in einer Klinik verbracht. Eine Tatsache, die Angelo belastete.

„Sie wird morgen entlassen", erklärte er, während er sich die Wimpern tuschte.

„Aber ... das ist doch eine gute Nachricht."

„In gewisser Weise schon. Nur ..."

„Nur was?"

Es sah Angelo gar nicht ähnlich, dass man ihm alles aus der Nase ziehen musste.

„Sie ist immer noch nicht stabil und daher ... Also. Ich habe ihr angeboten, dass sie bei uns wohnen kann."

„Und wo, bitte schön?"

„In meinem Zimmer. Mein Bett ist groß genug für uns beide."

Jared verschränkte die Arme vor der Brust und runzelte die Stirn.

„Das hast du dir ja toll ausgedacht. Und was wird aus deinem Liebesurlaub mit Herbert?"

„Den werde ich wohl absagen müssen. Es sei denn ..."

Angelo brach ab und Jared bekam eine Vorahnung, die ihm ganz und gar nicht in den Kram passte. Angelo war schon seit Monaten mit Herbert liiert, aber Jared hatte den Eindruck, dass es bei den beiden kriselte. Der Liebesurlaub in Cancun sollte für sie einen Neuanfang bedeuten. In zwei Wochen wollten sie los. Aber was war dann bitte schön mit Angelos Cousine?

„Es sei denn, was?", fragte Jared unterkühlt.

„Es sei denn, du kümmerst dich so lange um sie."

Jared verschränkte abweisend die Arme.

„Mensch, Angel. Das kann doch nicht dein Ernst sein. Ich soll Babysitter spielen?"

„Hey. Du musst ja nicht für sie kochen oder so. Es wäre nur schön, wenn sie jemanden in der Nähe hätte, wenn …"

„Wenn sie die Lust überkommt, einen Joint zu rauchen? Na herzlichen Dank auch."

„Sie ist clean."

„Ja. Aber seit wann?"

Unwillig schüttelte Jared den Kopf. Es gefiel ihm nicht, dass Angelo ihn um einen solchen Gefallen bat. Er war Stripper und kein Babysitter. Was sollte er mit so einem Mädchen denn anfangen?

„Schau mal. Das ist sie", sagte Angelo und zog ein Foto aus der Tasche. Es zeigte ein Mädchen von vielleicht vierzehn Jahren. Sie war sehr dünn, hatte langes braunes Haar und hohe Wangenknochen. Doch das Ausdruckstärkste an ihr waren die dunkelgrünen Augen, in denen so viel Schmerz und Trauer zu liegen schienen, dass Jared es durch das Bild hindurch zu spüren glaubte.

„Das war in der Zeit, als ihre Mutter krank war. Ist schon ne′ Weile her, aber so kannst du dir zumindest ein Bild machen."

Jared nickte und sah an Angel vorbei in den Spiegel. Was für ein ungleiches Paar sie doch abgaben: er, der mit seinen vielen Tattoos alles dafür tat, auch seine männliche Seite zu betonen, und dann Angelo, der mädchenhafter nicht sein könnte. Als sein Freund knallroten Lippenstift aus seinem Täschchen suchte, musste Jared lachen.

„Ach Angel. Ich kann dir am Ende doch nichts abschlagen. Dann kümmere ich mich halt um die Kleine, während du weg bist."

Angelos Gesicht begann sofort, von innen heraus zu strahlen.

„Wirklich?", fragte er. „Oh Gott. Danke. Vielen, vielen Dank. Du bist der Beste, Jared. Wirklich der Allerbeste."

Er sprang auf und fing an, Jared von oben bis unten abzuknutschen, bis dieser lachen musste und ihn wegschob.

„Schon gut, schon gut. Ich liebe dich ja auch. Wie heißt die Kleine überhaupt?"

„Mary", sagte Angelo lächelnd. „Mary Cooper."

1. Kapitel

Endlich frei! So fühlte ich mich, als ich die Entzugsklinik Baptist Health South Florida verließ. Obwohl das Krankenhaus fast einer Ferienanlage glich, hatte ich es als Gefängnis empfunden. Die Regeln und die strenge Struktur dort hatten mir zwar Sicherheit gegeben, aber ich sehnte mich danach, wieder am normalen Leben teilzuhaben. Lange genug hatte ich mich davor versteckt und es wurde Zeit, dass ich mich der Realität stellte.

„Mary“, rief Schwester Anne mir hinterher und ich blieb stehen. „Du wirst heute entlassen?“

Ich nickte.

„Schon geschehen“, sagte ich. „Vor Ihnen steht ein freier Mensch. Ich muss jetzt nur noch einmal pro Woche zur Therapie kommen.“

Schwester Anne war in den letzten Monaten meine Ansprechpartnerin gewesen. Sie war eine streng wirkende Frau Ende vierzig, die ihr Leben voll und ganz der Pflege von Menschen verschrieben hatte und der festen Überzeugung war, dass es für jeden eine zweite Chance gab.

Obwohl sie Nonne war, oder vielleicht auch gerade deswegen, hatte ich Schwester Anne voll und ganz mein Herz ausgeschüttet und auch vor den schlüpfrigeren Passagen meiner Vergangenheit nicht Halt gemacht. Sie hatte sich alles angehört und mir viele hilfreiche Tipps gegeben. Meine Verwunderung darüber hatte sie nur mit den Worten „Ich bin nicht immer Nonne gewesen“ quittiert.

„Ich freue mich für dich", sagte sie und schien es ernst zu meinen. „Was hast du jetzt vor? Gehst du zurück zu deinem Vater?"

Ich schüttelte den Kopf. Das würde ich ganz bestimmt nicht tun. Schon bevor ich in die Klinik eingeliefert worden war, hatte ich kaum noch Kontakt zu meinem Dad gehabt. Seit dem Tod meiner Mom war er so verschlossen wie ein Safe der City National Bank gewesen und ich war einfach nicht mehr zu ihm durchgedrungen. Leider hatte das dazu geführt, dass ich mir die Nähe, die ich brauchte, anderswo geholt hatte. Dabei war ich dann in die falschen Kreise und schließlich an Drogen geraten.

Auch wenn mein Vater in den letzten Monaten mehrfach versucht hatte wieder Kontakt mit mir aufzunehmen, war ich nicht bereit, ihm einfach so zu verzeihen.

„Ich habe einen Cousin hier in Miami. Er holt mich gleich ab."

„Das ist schön." Sie lächelte, was ihren Zügen die Strenge nahm. „Ich wünsche dir alles Gute. Und wenn du mal Hilfe brauchst, dann weißt du ja, wo du mich findest."

„Danke", sagte ich und umarmte sie aus einem Impuls heraus. „Sie haben mir sehr geholfen."

Sie erwiderte die Umarmung und rückte dann ihre Haube zurecht. Wenn ich es nicht besser wüsste, hätte ich glatt meinen können, dass sie ein paar Tränen verdrückte. Im Stillen nahm ich mir vor, sie auf keinen Fall zu enttäuschen.

Als ich vor die Tür trat, blieb ich erst einmal stehen und atmete tief die warme Luft ein. Es war zwar nicht so, als wäre ich in den letzten Monaten nicht nach draußen gekommen, aber trotzdem war es jetzt ein völlig anderes Gefühl.

Ein Lächeln stahl ich auf mein Gesicht und ich blickte mich um. Ob Angelo schon da war? Ich hatte ihn seit sechs Jahren nicht mehr gesehen, aber ich konnte mir nicht vorstellen, dass er sich großartig verändert hatte. Damals war er ein schmaler 17-jähriger Jugendlicher mit kurzen Haaren und einem guten Sinn für Stil und Mode gewesen. Vermutlich war er inzwischen ein Anzugträger, der in irgendeiner schicken Boutique arbeitete. Er war schon immer offen mit seiner Homosexualität umgegangen und ich war sehr gespannt darauf zu sehen, was aus ihm geworden war.

Ich ließ meinen Blick über die Menschen schweifen und musste feststellen, dass auf dem Parkplatz niemand war, den ich kannte. Ich sah ein älteres Pärchen, das offenbar spazieren gehen wollte. Dann einen Mann Mitte vierzig, der die Kliniktreppe fegte, und eine blonde Frau mit Sonnenbrille in einem rosa Kleid, die auf High Heels herumlief, an die ich mich nie im Leben herangetraut hätte. Sie hatte das Gesicht von mir abgewandt und telefonierte.

Etwas enttäuscht setzte ich mich auf eine kleine Mauer neben dem Eingang und umfasste meinen Rucksack. Angelo war noch nicht da. Schade. Dann würde ich wohl warten müssen.

„Mary?“

Ich drehte mich um und sah überrascht, dass die blonde Frau ihr Gespräch beendet hatte und nun auf ihren ultrahohen Schuhen auf mich zugestöckelt kam. Sie war ungewöhnlich groß für eine Frau und trug mehr Schminke als ein Zirkusclown. Trotzdem musste ich ihren Gang bewundern. Davon hätten die Mädels von „America's Next Topmodel" sich noch eine Scheibe abschneiden können.

„Mary?"

Sie kam näher und mir fiel auf, dass ihre Stimme ungewöhnlich tief für eine Frau war. Vielleicht war sie Raucherin? Aber dann nahm sie ihre Sonnenbrille ab und entblößte ein paar hellbraune Augen, die mir jahrelang fast genauso vertraut gewesen waren wie meine eigenen.

„Angelo?"

Die Frau nickte und vor Schreck wäre ich fast von der Mauer gefallen.

„Aber … Du … Wieso …"

Angelo lachte und da gab es für mich keinen Zweifel mehr. Niemand konnte so glockenhell und herzlich lachen wie Angelo und ich stimmte sofort mit ein.

„Überraschung, Süße", sagte er und breitete die Arme aus. Jetzt fiel mir auch der Adamsapfel auf, sowie die ungewöhnlich breiten Schultern und die großen Füße, auf die ich vorher gar nicht so geachtet hatte.

Ohne zu zögern sprang ich von der Mauer und umarmte ihn so fest ich konnte. Um das zu schaffen, musste ich mich weit nach oben strecken.

„Mein Gott, Angelo! Ich hätte dich kaum wiedererkannt. Sind die Haare echt?"

Er grinste. „Schätzchen. Wenn die Haare echt wären, dann würde ich als Model arbeiten. Obwohl ich zugeben muss, dass mir dafür auch die Brüste fehlen."

Gegen meinen Willen wanderte mein Blick zu seinem Ausschnitt. Es sah zwar so aus, als hätte er einen ordentlichen Vorbau, aber das Kleid war so geschnitten, dass der Brustansatz nicht zu erkennen war. Geschickt. Das musste man ihm lassen.

„Du hast also nicht …"

„Eine Geschlechtsumwandlung machen lassen?"

Ich nickte und er lachte.

„Aber nicht doch, Süße. Da unten bleibt alles, wie es ist. Erstens würde der Kleine mir fehlen und zweitens wäre eine Geschlechtsumwandlung ganz und gar nicht vereinbar mit meinem Job."

Nun war ich doch neugierig geworden. Seit sechs Jahren hatte ich nicht mehr mit Angelo gesprochen und hatte keine Ahnung, was er inzwischen trieb.

„Hast du wirklich die Designerschule besucht, wie du es immer wolltest?"

„Hm? Nein." Sein Blick wurde traurig. „Ich hatte es vor, aber dann … Uns ging das Geld aus. Du weißt ja, wie meine Eltern sind."

Ich biss mir auf die Unterlippe. Natürlich wusste ich das noch. Angelos Eltern waren die größten Hippies, die man sich vorstellen konnte. Sie lebten in einem Wohnwagen und hatten ihre vier Kinder zum Großteil von marihuanageschwängerter Luft und

Liebe ernährt. Es war kein Wunder, dass sie das Geld für Angelos Ausbildung nicht hatten aufbringen können. Immerhin hatte er auch noch drei ältere Schwestern, die alle vor ihm dran gewesen waren.

„Und du?", fragte Angelo. „Wie kommt es, dass du dir die schönen langen Haare abgeschnitten hast?"

Ich zuckte bei der Frage zusammen, weil ich ihm nicht erzählen wollte, dass ich mir die Haare mit dem Feuerzeug angekokelt hatte, als ich im tiefsten Rausch versucht hatte, mein Heroinbesteck zu benutzen. Vielleicht war es nicht so gut, ihn sofort mit solchen Informationen zu überhäufen.

„Ich … brauchte einfach mal eine Veränderung", erklärte ich.

„Steht dir gut", stellte Angelo fest und nickte anerkennend.

Unsicher fuhr ich mir durch das zehn Zentimeter lange Haar. Meine alte Frisur fehlte mir. Aber gleichzeitig war ich froh darüber, dass ich mich äußerlich verändert hatte. Es war ein sichtbarer Cut zu meinem alten Leben und ermöglichte mir eine Art Neuanfang.

„Los, komm", sagte Angelo. „Wir brauchen ja hier nicht so blöd auf dem Parkplatz herumstehen."

Ich nickte und ließ mich von Angelo zu einem roten Cabrio ziehen. Auf der einen Seite prangte eine schwarze Schlange, die den Wagen stark von allen anderen abhob.

„Oh. Schicker Schlitten. Du verdienst also nicht schlecht."

„Gehört einem Kumpel“, räumte Angelo ein. „Zum Glück hat er nichts dagegen, wenn ich mir den Wagen ab und zu mal ausleihe.“

Ich stieg ein und warf meine Tasche auf den Rücksitz. „Dein Kumpel leiht dir seinen Wagen?“, fragte ich.

„Ja, aber falls ein Kratzer dran kommt, verliere ich meine Eier.“

„Hast du das nicht schon?“, feixte ich.

„Hey. Nur weil ich höhere Schuhe trage als du, heißt das noch lange nicht, dass ich keine Kinder mehr zeugen kann.“ Er zwinkerte mir zu und ich lehnte mich grinsend zurück.

So langsam begann ich, mich an sein neues Ich zu gewöhnen. Denn trotz der Schminke und dem pinken Fummel, den ich nur unter Zwang angezogen hätte, steckte in diesem Körper immer noch Angelo, mein Lieblingscousin. Er war der einzige Mensch, der mir während der Krankheit meiner Mutter wirklich beigestanden hatte.

Angelo startete das Auto und parkte gekonnt aus. Dann fuhr er vom Parkplatz und fädelte sich in den Verkehr ein. Ich schloss die Augen und genoss den Fahrtwind, der mir um die Nase blies. Wenn es nach mir ginge, hätten wir ewig so weiter fahren können.

***

„Wow. Das ist deine Wohnung?“ Ich war beeindruckt.

Das Apartment lag direkt am Strand und war in hellen, fröhlichen Farben eingerichtet. Ich hatte zwar immer schon gewusst, dass Angelo einen extravaganten Stil besaß, aber trotzdem überraschte mich die Einrichtung. Es gab eine große weiße Designercouch, die eher modisch als bequem aussah, einen riesigen Plasmafernseher und einen kuschligen Sessel. Des Weiteren einen seltsam geschwungenen Tisch, der auf einem knallig grünen Teppich stand. Die Stühle wirkten, als wären sie eher zum Ansehen geeignet und nicht, um sich darauf zu setzen. Das Ganze erinnerte mich an ein Museum für abstrakte Kunst.

„Gefällt es dir?“, fragte Angelo mit glänzenden Augen. „Ich habe alles selbst eingerichtet.“

„Es ist … beeindruckend“, gab ich zu.

„Ich wusste, dass sie dir gefällt. Jeder, der hierher kommt, ist begeistert.“

Ich unterdrückte ein Lachen und sah mich weiter um. Die Deko schien nicht teuer zu sein, aber sie war so ausgewählt, dass alles zueinander passte. Oder eben nicht. Je nachdem, ob man sich auf so einen Stil einlassen konnte.

„Das Bad ist gleich hier vorne.“

Ich folgte Angelo und war nicht überrascht, als ich ein modernes Bad mit hellen Fliesen sah. In der Dusche standen zwei verschiedene Sorten Duschgel und in einem Becher am Waschbeckenrand steckten zwei Zahnbürsten. Die eine Hälfte der Handtücher war bunt, die andere schwarz. Interessant.

Offenbar wohnte Angelo nicht allein oder bekam zumindest regelmäßigen Männerbesuch.

Mein Cousin führte mich weiter durch die Wohnung und zeigte mir die Küche, die Abstellkammer und die Terrasse mit Blick aufs Meer. Danach kamen wir zu seinem Zimmer, das den anderen Räumen in nichts nachstand. Abstrakt, bunt, verrückt. Mit einem riesigen Himmelbett und quietschgrüner Bettwäsche. Es passte perfekt zu Angelo und so langsam fing ich an, mich richtig auf die Zeit bei ihm zu freuen.

„Und? Gefällt es dir?“, fragte er noch einmal, als wir sein Zimmer wieder verlassen hatten.

Ich nickte. „Toll. Ich bin ganz begeistert. Dein Zimmer ist der Hammer. Dann ist das hier bestimmt das Gästezimmer, oder?“

Ohne die Antwort abzuwarten, drückte ich die Klinke des letzten Zimmers herunter und erstarrte, als mir klar wurde, dass ich mich geirrt haben musste. Der Raum schien das komplette Gegenteil vom Rest der Wohnung zu sein. Die Fenster waren mit dunklen Vorhängen verdeckt, die Möbel waren klobig und schwarz, die Wände von einem dunklen Rot. Überall hingen Fotos von tätowierten Körpern und in einer Ecke des Zimmers stand hell erleuchtet ein großes Terrarium. Im Inneren döste eine riesige Schlange, von der man nicht sehen konnte, wo der Anfang und wo das Ende war.

Leicht verstört machte ich einen Schritt zurück. Angelo seufzte und trat neben mich.

„Das hier ist Jareds Zimmer“, erklärte er. „Es ist seine *Männerhöhle*.“ Er malte Anführungszeichen in die Luft.

Ich schluckte und nickte. Jared. Das war bestimmt Angelos Lebenspartner.

„Okay. Dann schlafe ich wohl auf der Couch?"

Etwas skeptisch sah ich das Lederding an. Vermutlich wäre es bequemer, auf dem Sessel zu nächtigen, aber alles war besser, als auf der Straße zu sitzen.

„Wo denkst du hin? Du schläfst natürlich bei mir. Dann können wir wieder Pyjamapartys feiern und uns bis tief in die Nacht hinein gegenseitig die Nägel lackieren. Das wird bestimmt lustig."

Seine Miene war so aufgeregt, dass ich lachen musste.

„Meinetwegen gerne. Aber hat Jared nichts dagegen?"

„Ach, du denkst, dass er und ich … Nein, nein. Fehlanzeige, meine Liebe. Jared und ich sind nur Mitbewohner. Wir arbeiten zusammen. Schon sehr lange sogar. Und weil wir uns so gut verstehen, war es einfach logisch, dass wir zusammenziehen."

„Du meinst, er ist gar nicht …"

„Schwul?"

Ich nickte. Angelo verzog gequält den Mund und einen Moment lang glaubte ich, Bedauern in seiner Miene zu erkennen.

„Das fragst du ihn am besten selbst. Auch wenn sein Zimmer etwas anderes erwarten lässt … er ist ein ganz Lieber. Du wirst ihn mögen. Da bin ich mir sicher."

Ich zuckte die Schultern. Eigentlich war es für mich unwichtig, ob ich ihn mochte oder nicht, da ich nicht davon ausging, viel mit ihm zu tun zu haben. Ich wollte mich voll und ganz darauf konzentrieren, einen Job zu finden und mir ein neues Leben aufzubauen. Obwohl ich schon seit Monaten nichts mehr gespritzt hatte, war mir klar, dass ich noch lange nicht über den Berg war. Der Weg zurück in die Realität war beschwerlich, aber ich hatte mir fest vorgenommen, ihn zu bewältigen.

Angelo zog mich zurück in sein Zimmer und deutete auf die rechte Seite seines gigantischen Spiegelschranks.

„Ich habe dir hier ein paar Fächer freigemacht. Ich wusste nicht, wie viel Kleidung du dabei haben würdest, also …"

„Äh …" In den *paar* Fächern hätte ich vermutlich mein ganzes Zimmer unterbringen können. „Du hast schon gesehen, dass ich nur einen Rucksack dabei habe und keine drei Koffer, oder?"

Bestürzt sah Angelo mich an. „Das heißt, du willst keine Klamotten mehr nachholen?"

„Nein. Wieso auch? Ich habe zwei Hosen, sechs T-Shirts, drei Tops und Unterwäsche. Das passt alles bequem in ein Nachtschränkchen. Mehr brauche ich nicht."

„Schuhe?"

Ich schnitt eine Grimasse und deutete auf die Sneakers, die ich trug. „Reichen die nicht?"

„Sneakers?" Abfällig schüttelte Angelo den Kopf. „Schätzchen. Du bist jetzt in Miami. Hier kannst du doch nicht die ganze Zeit in Sneakers herumlaufen."

„Ich habe auch noch ein Paar Flip-Flops und einen Bikini“, sagte ich verteidigend. Mehr würde man am Strand doch wohl nicht brauchen.

Angelo schnalzte missbilligend mit der Zunge und schüttelte den Kopf. „So geht das nicht, Süße. Am Wochenende gehen wir einkaufen. Mit Kleidern kann ich dir aushelfen. Ich habe einiges, was ich für dich umändern kann. Weite Kleider sind ja in. Aber bei den Schuhen hört es auf. Ich habe Größe 43 und du? 36 vielleicht?“

„Manchmal auch 37. Je nachdem, wie die Schuhe ausfallen.“

„Na siehst du. Da müssen wir dringend etwas tun.“

„Angelo“, versuchte ich ihn zu stoppen. „Ich … ich komme gerade aus einer Drogenklinik und habe den Kontakt zu meinem Vater abgebrochen. Wie um Himmels willen soll ich da eine Shoppingtour bezahlen? Mit Strippen?“

Angelo sah mich an, als hätte ich etwas ungeheuer Lustiges gesagt, ging aber nicht weiter darauf ein. „Ganz einfach“, meinte er stattdessen. „Du brauchst einen Job.“

Ich verdrehte die Augen. „Ob du's glaubst oder nicht, der Gedanke ist mir auch schon gekommen. Gleich morgen werde ich mich bei der nächsten Anwaltskanzlei oder Bank bewerben. Ich bin eine ehemalige Drogensüchtige ohne Abschluss. Da werden die Leute sich doch bestimmt um mich reißen, oder?“

Meine Stimme triefte vor Sarkasmus, aber Angelo legte mir nur seine Hand auf den Arm.

„Mary, du bist eines der klügsten Mädchen, die ich kenne", stellte er klar. „Du findest einen Job. Da bin ich mir ganz sicher."

Sein Tonfall war so mitfühlend, dass mir plötzlich Tränen in die Augen stiegen. Ich versuchte sie wegzuwischen, doch Angelo zog mich einfach in seine Arme und drückte mich an sich. Vermutlich war ich gerade dabei, ihm das gesamte Make-up zu ruinieren, aber das schien ihn nicht zu stören. Ich kuschelte mich an ihn und ließ mich von ihm hin und her wiegen, bis die Woge der Traurigkeit abgeebbt war.

„Geht's wieder, Süße?", fragte Angelo nach einer Weile und ich nickte.

„Ja. Kein Problem."

„Dann ist ja gut." Er seufzte. „Ich müsste jetzt eigentlich zur Arbeit, aber ich muss zugeben, dass ich dich ungern in dieser Verfassung hier allein lassen möchte. Vielleicht …"

„Nein", sagte ich schnell und wischte mir die Tränen aus dem Gesicht. „Unsinn. Mir geht's gut. Wirklich. Du musst dir um mich keine Sorgen machen."

Skeptisch betrachtete Angelo mich und ich musste fast lachen, weil er den Mund so verzog, dass sein Lippenstift überdeutlich zu erkennen war.

„Bist du dir sicher?", fragte er.

Ich nickte. „Ganz sicher. Vielleicht ist es sogar ganz gut, wenn ich eine Weile allein bin. Es sei denn, du willst mich nicht allein lassen, weil du mir nicht vertraust, dann …"

„So ein Blödsinn. Natürlich vertraue ich dir. Warum auch nicht?"

„Naja. Wir haben uns sechs Jahre nicht gesehen und …“ Und ich hatte in dieser Zeit eine Menge Mist angestellt. Reumütig sah ich ihn an. Wenn Angelo wüsste, was ich die letzten Jahre so getrieben hatte, hätte er mich wahrscheinlich nicht so einfach aufgenommen.

„Papperlapapp. Du bist immer noch meine kleine Mary. Und ich bin davon überzeugt, dass mein Apartment noch steht, wenn ich heute Nacht wiederkomme.“

„Heute Nacht? Wo arbeitest du denn, dass du so lange unterwegs bist?“

„In einer Tanzbar.“

Erstaunt riss ich die Augen auf. Ich erinnerte mich daran, dass Angelo damals schon ein guter Tänzer gewesen war, aber es wunderte mich doch, dass er das Tanzen zu seinem Beruf gemacht hatte und vor allem, dass er dabei so gut verdiente, dass er sich davon eine so schöne Wohnung finanzieren konnte.

„Weißt du was?“, sagte Angelo. „Wenn du möchtest, kannst du später nachkommen. Natürlich nur, wenn du dich dazu bereit fühlst.“

Er zog aus seiner Handtasche einen Zettel und kritzelte eine Adresse darauf.

„Hier“, sagte er. „Es ist nicht weit. Du kannst sogar zu Fuß hinlaufen. Hast du ein Navi auf dem Handy?“

„Ja klar. Das werde ich schon finden.“

„Der Laden heißt Diamond Club. Einlass ist normalerweise um 22 Uhr, aber du kannst auch schon eher kommen. Dann stell ich dir die anderen Jungs vor. Hach, du wirst sie lieben! Einer schnuckliger als der andere. Sie sind einfach der Wahnsinn."

Ich betrachtete nachdenklich die Adresse. Diamond Club. Ob das ein Schwulenclub war? Aber wenn Angelo mich einlud, war es offenbar kein Problem, als Frau Zutritt zu bekommen. Ich musste mich wohl einfach überraschen lassen.

„Okay. Dann komme ich nach, sobald ich meine Sachen ausgepackt habe."

2. Kapitel

Meine Habseligkeiten waren schnell verstaut und sahen in dem riesigen Schrankabteil jämmerlich aus. Ich hatte nicht untertrieben, als ich Angelo erklärt hatte, meine Klamotten hätten problemlos in ein Nachtschränkchen gepasst. Aber da ich nun mal so eine große Schrankseite zur Verfügung hatte, versuchte ich meine Wäsche so darin zu verteilen, dass es nach mehr aussah. Es gelang mir nicht. Ich würde Angelo einfach sagen, dass er die Hälfte der Fächer wieder selbst benutzen konnte. So hatte das doch alles keinen Sinn.

Ich seufzte und zog die wenigen persönlichen Gegenstände aus der Tasche, die ich damals mit in die Klinik genommen hatte. Es war nicht viel. Mein Handy, ein Tablet, das ich auch zum Lesen benutzte, und ein Bilderrahmen. Als ich ihn hervorzog, erfasste mich wie jedes Mal ein wehmütiges Gefühl. Von dem Bild sah mir eine brünette Frau um die dreißig entgegen, die ein kleines Mädchen im Arm hielt. Sie wirkte glücklich auf dem Foto und lächelte in die Kamera.

Alice. Meine Mom.

Ich war ihr wie aus dem Gesicht geschnitten. Nur die grünen Augen hatte ich von meinem Dad geerbt. Nachdenklich strich ich über das Glas und versuchte den Kloß in meinem Hals herunterzuschlucken. Egal, wie viel Zeit verging, der Schmerz über ihren Verlust würde mich immer begleiten und ich konnte mir nicht vorstellen, dass es irgendwann wieder besser werden würde.

Was wäre wohl passiert, wenn sie damals nicht krank geworden wäre? Wäre ich dann vielleicht nicht abgerutscht und hätte ein Studium angefangen, wie es ursprünglich mein Plan gewesen war? Oder wäre ich trotzdem Richard begegnet und an Drogen geraten? Waren manche Dinge vielleicht einfach vorherbestimmt?

Ich riss mich von dem Anblick los und platzierte das Foto auf dem Nachttischchen, das Angelo mir zugeteilt hatte. Abgesehen von dem Bilderrahmen hatte ich nichts, was ich darauf stellen konnte. Mein Tablet verstaute ich in der Schublade und mein Handy legte ich auf den Schreibtisch.

Dann streckte ich meine Hand ein letztes Mal in den Rucksack und zog einen Briefumschlag hervor, meinen vielleicht wichtigsten Besitz. Unter dem Papier ertastete ich einen länglichen Gegenstand und sofort begannen meine Fingerspitzen zu kribbeln, als stünden sie unter Strom. Ein Teil von mir wünschte sich nichts mehr, als ihn zu öffnen, aber das durfte ich nicht. Angelo wusste nicht, dass ich ihn hatte und er sollte es nach Möglichkeit auch nicht erfahren.

Der Umschlag war für den allergrößten Notfall-für einen Moment, in dem ich völlig am Ende war. Hoffentlich würde es nie so weit kommen.

Mit angehaltenem Atem verstaute ich den Umschlag im Schrank zwischen meinen Klamotten und nahm mir vor, so bald wie möglich ein neues Versteck für ihn zu finden. In Angelos Schrank war einfach kein passender Ort dafür. Falls er ihn entdeckte, würde er Fragen stellen, und ich war nicht bereit, diese zu beantworten.

Nachdem ich den Schrank sorgfältig verschlossen hatte, schnappte ich mir ein Handtuch und ging ins Bad. Es war inzwischen so warm, dass ich schwitzte, und das Wasser würde mir sicher gut tun. Morgen früh könnte ich vielleicht im Meer schwimmen. Was für ein Luxus. Ich konnte es kaum glauben.

***

Die Dusche war beeindruckend. Es gab zig verschiedene Einstellungen und Knöpfe. Glücklicherweise fand ich auf Anhieb den richtigen, um das Wasser von oben kommen zu lassen, und probierte gar nicht lang weiter daran herum. Da ich kein eigenes Shampoo dabei hatte, nahm ich einfach das von Angelo und musste grinsen, als mir auffiel, dass es Frauenshampoo war. Das schwarze Duschgel daneben musste Jared gehören und stand wie alles hier im starken Kontrast zu Angelo. Neugierig machte ich es auf und schnupperte daran. Es war ein typisches Sportgel und roch frisch und angenehm, mit einer Spur von Minze. Ob sein Besitzer wohl so ähnlich riechen mochte? Ich wunderte mich über mich selber. Ich wusste ja noch nicht einmal, wie er aussah. Was kümmerte es mich da, wie er roch?

Um mich auf andere Gedanken zu bringen, schäumte ich mir die Haare gründlich ein und wusch meinen Körper von oben bis unten. Von meinen flachen Brüsten über meinen kleinen Hintern bis zu meinen winzigen Füßen. Auf einmal wurde mir klar, dass es für Angelo vermutlich überhaupt kein Problem gewesen war, mich zu erkennen. Abgesehen von den kurzen Haaren hatte ich mich in den sechs Jahren, die wir uns nicht gesehen hatten, kaum verändert. Ich war keinen Zentimeter gewachsen und zu meinem Leidwesen auch nicht viel weiblicher geworden. Normalerweise störte mich das nicht. Ich hatte kein Problem damit, dass die meisten Frauen mich überragten, von den Männern ganz zu schweigen. Aber in manchen Momenten wünschte ich mir doch, etwas mehr wie Angelina Jolie auszusehen und weniger wie Emma Watson.

Ich trat aus der Dusche und seufzte, als mir der riesige Ganzkörperspiegel auffiel. So etwas war nun wirklich nichts für Leute mit Komplexen. Schnell griff ich nach dem gelben Handtuch und hüllte mich darin ein. Ein zweites, kleineres Handtuch wickelte ich um meine Haare. Dann putzte ich mir ausgiebig die Zähne und klemmte meine dreckige Wäsche unter den Arm, um zurück in Angelos Zimmer zu gehen.

Auf dem Weg durchs Wohnzimmer musste ich über ein paar Schuhe steigen, die vor dem Duschen noch nicht dort gestanden hatten. Es waren klobige Männerschuhe, die ganz und gar nicht zu Angelo passen wollten, also vermutete ich, dass sie seinem Mitbewohner gehörten. Ich hoffte, dass er schon in seinem Zimmer war, weil ich es eindeutig bevorzugte, bekleidet zu sein, wenn ich jemandem, den ich nicht kannte, zum ersten Mal gegenübertrat.

Doch das Schicksal schien es nicht besonders gut mit mir zu meinen, denn gerade, als ich zu meinem neuen Zimmer schleichen wollte, hörte ich Stimmen hinter der riesigen Lehne der Couch. Ich erstarrte, als die Köpfe eines Mannes und einer Frau auftauchten, die auf dem Sofa gelegen haben mussten. Sie hatten beide den Blick aufeinander gerichtet und konnten mich im Moment nicht sehen. Falls sie sich umdrehten, würde sich das jedoch sofort ändern.

Von der Frau erkannte ich im ersten Moment nur, dass sie blond war. Der Mann trug trotz der Hitze ein langärmliges schwarzes Shirt und hatte breite muskulöse Schultern sowie kurzes dunkles Haar.

„Nein, Jared", sagte die Frau und schob den Mann weg. „Tut mir leid, aber ich glaube, es war eine ganz schlechte Idee, hierher zu kommen."

„Blödsinn", antwortete der Mann, der offensichtlich Angelos WG-Partner Jared war, und strich ihr über den Arm. „Mal ehrlich, Norah, wovor hast du Angst? Nur, weil du jetzt hier bist, heißt das noch lange nicht, dass du mit mir in die Kiste springen musst. Keine Angst. Ich werde schon nichts tun, was du nicht auch willst."

„Ich habe gedacht, dass ..."

„Du denkst zu viel."

Er näherte sich der Frau und berührte ihre Wange. Sein Profil sah gut aus. Das musste ich zugeben. Sein Gesicht war markant geschnitten und sehr attraktiv. Ich konnte gut verstehen, warum diese Norah überlegte, sich auf ihn einzulassen.

„Jeder Mensch hat es verdient, auch mal im Hier und Jetzt zu leben und nicht jedes Mal an morgen zu denken", sagte Jared und ich konnte erkennen, wie die Frau mit sich rang.

Sie war sehr hübsch, auf eine barbiepuppenmäßige Weise, und es war offensichtlich, dass sie sich körperlich zu Jared hingezogen fühlte. Ich musste hier weg. Am besten ging ich einfach zurück ins Bad und blieb dort, bis die beiden fertig waren.

„Du hast ja recht", gab sie zu. „Aber was, wenn …"

„Shhh." Jared drückte seinen Finger an ihre Lippen. „Nicht reden. Nicht denken. Lass dich einfach mal einen Moment fallen und fühle …"

Ich bekam eine Gänsehaut. Es lag so viel Spannung in der Luft, dass man eine Batterie damit hätte aufladen können, und ich wollte auf keinen Fall der Grund sein, warum es zu einem Kurzschluss kam.

Jared beugte sich vor, um Norah zu küssen. Vorsichtig machte ich einen Schritt nach hinten, um mich ganz leise zurückzuziehen. Ich atmete so flach wie möglich. Doch gerade, als die beiden wieder aufs Sofa zurücksanken, stolperte ich plötzlich über diese dämlichen Schuhe. Ich versuchte mein Gleichgewicht zu halten, schaffte es aber nicht und fiel mit einem Aufschrei zu Boden. Sofort fuhren die beiden auseinander und starrten fassungslos in meine Richtung.

***

„Wer zur Hölle bist du? Und was hast du hier zu suchen?“, blaffte Jared und sprang auf.

Ich spürte, wie mein Gesicht anfing vor Scham zu brennen und versuchte notdürftig, mich wieder zu bedecken.

„Antworte mir“, forderte Jared.

„Ich … ich …“, stammelte ich und wusste überhaupt nicht, was ich sagen sollte.

„Scheiße. Hat Angelo etwa die Terrassentür offen gelassen? Falls du etwas klauen willst, bist du hier vollkommen falsch“, schimpfte er.

Klauen? Ging er wirklich davon aus, dass eine Diebin erst einmal ausgiebig duschen würde, wenn sie vorhatte, etwas zu stehlen? Besonders logisch klang das nicht. Ganz offensichtlich war er noch völlig von dem ganzen Testosteron benebelt, für dessen Ausschüttung Norah gesorgt hatte.

„Ich bin keine Einbrecherin“, brachte ich schließlich hervor.

„Jared. Was soll das hier alles?“, fragte Norah und verschränkte skeptisch die Arme vor der Brust. „Hast du hier noch andere Mädchen versteckt, von denen ich wissen sollte?“

„Nein, verdammt! Ich habe dieses Mädchen noch nie im Leben gesehen!“

Das stimmte schon mal. Ich hatte ihn immerhin auch noch nie gesehen. Aber ich hatte eigentlich gedacht, dass Angelo ihn auf meinen Besuch vorbereiten würde.

„Hat … hat Angelo dir nicht gesagt, dass ich komme?“, fragte ich vorsichtig.

„Natürlich nicht, er …“ Jared stockte und betrachtete mich abschätzend von oben bis unten. „Heute ist Freitag, richtig?“

„Soweit ich weiß schon.“

„Du bist keine fünfzehn“, stellte er dann fest.

Ich schüttelte den Kopf. „Einundzwanzig.“

„Aber du bist Mary Cooper?“

„Ja. Ich … ich bin Angelos Cousine.“

Norah riss erstaunt die Augen auf und Jared schlug sich stöhnend die Hand vors Gesicht.

Was für eine nette Begrüßung.

***

Auch wenn der Schreck über meine Blamage und Jareds schroffe Art groß war, beruhigten sich meine angespannten Nerven langsam wieder. Norah hatte mir geholfen, meine Klamotten einzusammeln, und mich bis zu Angelos Zimmer begleitet. Dann hatte sie mich allein gelassen, damit ich mich umziehen konnte, und war zurück zu Jared gegangen. Ich hörte, wie die beiden laut diskutieren und schließlich eine Tür zugeschlagen wurde. Sofort bekam ich ein schlechtes Gewissen. Ganz offensichtlich versuchte Jared schon länger, Norah rumzukriegen, und ich hatte ihm gehörig die Tour vermasselt. Das tat mir einerseits leid.

Andererseits ärgerte es mich aber, dass er so mies mit mir umgegangen war. Er hätte sich doch denken können, dass ich Angelos Cousine war. Ich konnte mir kaum vorstellen, dass Angelo ihm nicht erzählt hatte, dass er mich heute abholen würde. Aber vermutlich hatte er einzig und allein mit seinem

Schwanz gedacht!

Als ich mich fertig angezogen hatte, ein Tanktop und eine kurze Jeans, trat ich aus meinem Zimmer und sah mich um. Das Wohnzimmer war leer, aber die Terrassentür stand auf. Jared saß in seinem langärmligen Shirt auf der kleinen Treppe, die zum Strand hinunter führte und rauchte.

Seinen breiten Rücken hatte er mir zugewandt und seine Muskeln spannten sich unter dem engen Shirt.

„Ist dieses Shirt nicht viel zu warm, um damit in der Sonne zu sitzen?“, fragte ich und hockte mich ein paar Stufen weiter oben neben ihn.

Jared wandte mir den Blick zu und seine Mundwinkel zuckten. Mir war vorhin schon aufgefallen, dass seine Augen schwarz umrandet waren, was ihre blaue Farbe betonte. Hätte ich Jared nicht mit Norah erlebt, hätte dieser Lidstrich ein weiteres Indiz für seine Homosexualität sein können. So hingegen wusste ich nicht recht, was ich davon halten sollte. Von seinem gesamten Aussehen her erinnerte mich Jared ein bisschen an Cam Gigandet aus Burlesque mit Christina Aguilera und Cher. Vielleicht war diese Ähnlichkeit sogar beabsichtigt.

„Mir macht die Hitze nichts aus“, erklärte er. „Ich schwitze nicht schnell.“

Ich nickte. Das glaubte ich ihm aufs Wort. Wäre es anders, würde er längst keuchend in der Ecke liegen.

„Willst du auch eine Zigarette?“ Er hielt mir die Packung entgegen.

Es war eine Marke, die ich nicht kannte, und ich musste zugeben, dass der Rauch besser roch als bei den meisten anderen Zigaretten. Trotzdem schüttelte ich den Kopf.

„Ich rauche nicht", erklärte ich.

Sofort wanderte Jareds Blick zu den Einstichstellen an meiner linken Armbeuge. Ich konnte mir gut vorstellen, was er dachte. Raucht nicht, aber nimmt Drogen. Super Alternative. Hastig bedeckte ich die kleinen Narben mit meiner Hand.

„Das ist Vergangenheit", stellte ich klar.

Jared nickte und sah aufs Meer hinaus, als befände sich dort die Antwort auf alle seine Fragen. Offensichtlich hatte er nicht vor, lange Smalltalk mit mir zu führen.

„Mary Cooper also", sagte er, als ich schon gar nicht mehr damit gerechnet hatte, überhaupt noch etwas von ihm zu hören. „Ich bin Jared Jafferson." Er streckte mir seine Hand entgegen, die erstaunlich feingliedrig war. Sein Händedruck war fest und herausfordernd, als wolle er mich prüfen, und ich erwiderte ihn so energisch wie möglich. Mir war klar, dass ich häufig wegen meiner Größe und meinem unscheinbaren Äußeren unterschätzt wurde, aber aus irgendeinem Grunde war es mir wichtig, Jared zu zeigen, dass mehr in mir steckte.

„Sorry, dass die Begrüßung vorhin so schroff ausgefallen ist. Normalerweise bin ich netter, wenn jemand zu Besuch kommt. Vor allem, wenn es sich dabei um eine Freundin von Angelo handelt."

Ich zuckte mit den Schultern. „War ein blöder Zufall. Habt ihr die Dusche gar nicht gehört?"

„Meine Aufmerksamkeit wurde … kurzfristig abgelenkt."

Ich biss mir auf die Lippe und unterdrückte ein Kichern.

„Tut mir leid wegen Norah", sagte ich. „Es war wirklich nicht meine Absicht, euch zu unterbrechen."

Jared sah mich abschätzend an und blickte dann wieder aufs Meer, während er noch einen Zug von seiner Zigarette nahm.

„Schon gut. Die regt sich schon wieder ab. Früher oder später kriegt man sie doch alle."

Ich runzelte die Stirn. „Wie meinst du das? Alle?"

„Na, alle halt. Frauen. Männer. Homosexuell oder Hetero. Wenn man es nur geschickt genug anstellt, bekommt man jeden rum."

Ich schnaubte. „Ja klar."

Jared wandte sich zu mir um. „Du glaubst mir nicht?"

Ich schüttelte den Kopf „Wir reden doch hier über Sex, oder?"

„Nein. Über Bungeejumping. Natürlich reden wir über Sex."

„Dann liegst du definitiv falsch."

Jared nahm einen weiteren Zug von seiner Zigarette und stieß den Rauch so aus, dass er von mir wegwehte. „Mary – so heißt du doch? Du magst mit deinen einundzwanzig Jahren noch nicht so viel Erfahrung haben. Aber glaub´ mir, wenn ich dir sage:

Alle Menschen haben einen Punkt, an dem sie nachgeben und sich auf ein Abenteuer einlassen. Immerhin geht es hier nicht um eine Hochzeit, sondern um Geschlechtsverkehr."

Es kam mir eigenartig vor, mit diesem wildfremden Mann über Sex zu reden. Was wusste er schon von meinen sexuellen Erfahrungen? Aber trotzdem hatte ich das Bedürfnis, ihm zu widersprechen. Er irrte sich. Ganz klar. Doch offensichtlich hatte er keine Ahnung, wie sehr er sich irrte.

„Du willst mir also erzählen, dass du selbst eine verheiratete Frau dazu kriegen würdest, mit dir ins Bett zu gehen?"

Er lachte. „Bei verheirateten Frauen ist es sogar noch leichter. Aber ich muss zugeben, dass es bei meiner Aussage eine Einschränkung gibt."

„Und die wäre?" Jetzt hatte er mich neugierig gemacht.

„Eine erfüllte Liebesbeziehung", erklärte er. „Wenn jemand eine erfüllte Liebesbeziehung führt, die Betonung liegt auf *erfüllt*, also sexuell erfüllt, dann wird es auch mir nicht gelingen, dazwischen zu kommen. Glücklicherweise gibt es so was selten. Nach ein paar Jahren ist das Bauchkribbeln weg und dann … Tadaaa. Freie Fahrt."

Ich starrte ihn ungläubig an. „So ein Blödsinn", schimpfte ich. „Liebe kann durchaus ein Leben lang anhalten. Und Sex ist beim besten Willen nicht alles."

„Ach wirklich?" Skeptisch sah er mich an. „Hast du denn Erfahrung mit einer sexuell erfüllten, glücklichen Liebesbeziehung?"

Als ich schwieg, nickte er. „Hatte ich auch nicht erwartet."

Ich verschränkte die Arme und folgte seinem Blick aufs Meer hinaus. Es ärgerte mich, dass er so selbstgerecht war. Er kannte mich gerade mal ein paar Minuten und war der Meinung, bereits alles über mich zu wissen. Das war lächerlich. Und anmaßend. Ich konnte überhaupt nicht verstehen, warum Angelo so große Stücke auf ihn hielt.

„Warum erzählst du mir das alles?", fragte ich. „Wenn du so ein toller Hecht bist, ist es dann nicht kontraproduktiv, mich von Anfang an zu verschrecken?"

Jared betrachtete mich von oben bis unten und grinste dann. „Nichts für ungut, Mary", sagte er. „Aber du entsprichst nicht meinem Beuteschema."

Sofort wurde ich rot. Noch deutlicher hätte er mir gar nicht sagen können, dass er mich unattraktiv fand. Masochistisch, wie ich war, musste ich trotzdem nachfragen.

„Und warum nicht?"

„Also erstens bist du Angelos Cousine und als solche tabu. Und zweitens …" Er machte eine Pause. „Zweitens wäre es mit dir viel zu einfach."

Ich schnappte nach Luft. Hatte er mir gerade unterstellt, dass ich leicht zu haben war? Was für ein blöder, eingebildeter ... Das war doch einfach nicht zu fassen!

„Hat Norah nicht irgendetwas davon gesagt, dass du zum Training musst?", fragte ich mit zusammengebissenen Zähnen.

Jared drückte die Zigarette in dem Aschenbecher zwischen seinen Beinen aus, stand auf und streckte sich. Es fiel mir schwer, ihn dabei nicht anzustarren. Er hatte wirklich eine beeindruckende Figur. Athletisch und männlich, ohne übertrieben muskulös zu sein. Zusammen mit seinem hübschen Gesicht konnte ich mir gut vorstellen, dass er die meisten Menschen um den Finger wickeln konnte. Nur gut, dass er schon klargestellt hatte, dass ich nicht in sein Beuteschema passte. Denn ein Mann – und vor allem so ein selbstverliebter Kerl wie er – war so ziemlich das Letzte, was ich im Moment brauchen konnte.

„Du hast recht", gab er zu. „Ich sollte wirklich zusehen, dass ich mich umziehe und dann loskomme. Die anderen warten sicher schon auf mich."

Er ging in die Wohnung, und da ich nicht wusste, was ich sonst tun sollte, stand ich auf und folgte ihm. Offensichtlich hatte Jared nicht damit gerechnet, dass ich das tun würde, denn sobald er im Wohnzimmer angekommen war, zog er sich das Shirt über den Kopf und entblößte einen Oberkörper, der auf den ersten Blick fast vollkommen schwarz war. Überrumpelt von dem Anblick keuchte ich auf.

„Was?", fragte Jared und drehte sich um. „Ach so. Die Tattoos. Gefallen sie dir?"

Ich schluckte. Tja. Gefielen sie mir? Das war eine gute Frage. Mein erster Impuls war, *Nein* zu sagen. Ich stand nicht sonderlich auf Tattoos und hatte nie verstanden, wie man seinen Körper so verschandeln konnte. Eine Blume auf dem Schulterblatt oder ein Tribal am Arm, wozu brauchte man das schon? Aber was Jared da auf seinem Körper trug, war lange keine einfache Tätowierung mehr. Das war Kunst. Echte Kunst.

Beeindruckt kam ich näher und betrachtete die verschlungenen Ornamente, die seinen gesamten Oberkörper bedeckten. Es waren sehr unterschiedliche Tattoos, die nahtlos ineinandergriffen. Ein paar Hautstellen waren noch frei, aber ich vermutete, dass dies nur ein temporärer Zustand war. Zu meiner Überraschung waren alle Tattoos schwarz-weiß, obwohl man bei seiner hellen Haut sicherlich auch gut mit Farbe hätte arbeiten können. Es schien alles zu geben: Schriftzüge, Tribals, Sterne, Gesichter, Schiffe, Anker und Zahlen. Was jedoch seine gesamte Brust dominierte, war das Bild einer gewaltigen Schlange, die aus dem Bund seiner Hose zu kommen schien. Sie führte an seinem Bauch entlang, und ihr weit aufgerissenes Maul reichte bis zu Jareds linker Brustwarze, sodass es aussah, als würde sie ihn beißen.

Mein Blick wanderte zu seinen Hüften und ich fragte mich unwillkürlich, wie die Tattoos darunter wohl weitergehen mochten.

„So etwas habe ich noch nie gesehen", gab ich zu.

Jared grinste. „Das geht den meisten Leuten so. Warte nur ab, bis du den Schwanz siehst."

Ich verschluckte mich und fing an zu husten. Sofort lachte Jared, klopfte mir auf den Rücken und ließ seine Hand noch einen Moment dort liegen. Das Gefühl war mir unangenehm und ich machte einen Schritt zurück, um ihn abzuschütteln. Ich mochte es nicht, von Fremden berührt zu werden, doch auch als seine Hand fort war, kribbelte die Wärme seiner Haut noch zwischen meinen Schulterblättern.

„Ich meinte den Schwanz der Schlange. Nicht meinen", erklärte Jared. „Obwohl ich zugeben muss, dass der auch ein beeindruckender Anblick ist."

Das konnte ich mir vorstellen, wollte es aber nicht. Ich schloss die Augen und versuchte das Bild von seinem nackten Körper zu vertreiben, das mir ungebeten in den Sinn kam.

Gott. Jared war so ziemlich das Gegenteil von dem, was ich mir immer erträumt hatte. Falls ich jemals wieder einen Mann an mich heranließ, dann sollte es ein seriöses Exemplar dieser Gattung sein. Zuverlässig, einfühlsam und beständig. Am besten ein Bürohengst mit Schlips und Krawatte. Liebevoll und treu. So stellte ich ihn mir zumindest vor, wenn ich darüber nachdachte, irgendwann einmal zu heiraten und Kinder zu bekommen.

„Ich werde mich jetzt duschen und umziehen", verkündete Jared und ging auf das Bad zu. „Ich würde zwar gerne noch mit dir plaudern, aber es wird wirklich Zeit, dass ich loskomme. Wenn du also nicht vorhast, mir beim Ausziehen zuzusehen … also, noch mehr …"

Ich spürte, wie mein Mund trocken wurde und hoffte, dass mein Gesicht nicht ganz so rot war, wie es sich anfühlte. „An sich gerne", sagte ich. „Aber heute muss ich auf den Anblick deines nackten Hinterns leider verzichten. Ich muss zu eurer Tanzbar. Angelo wollte mir gern eure Kollegen vorstellen."

Jared lachte. „Wenn du heute Abend in der *Tanzbar* bist, wirst du um den Anblick meines nackten Hinterns wohl kaum herumkommen. Es sei denn, du trägst eine Augenbinde."

„Äh …" Verdutzt sah ich ihn an.

„Hat Angelo dir etwa nicht genauer erzählt, wo wir arbeiten?"

Ich schüttelte den Kopf und Jared lachte wieder. „Na, dann lass dich mal überraschen."

3. Kapitel

Diamond Club – For Ladies Only. Das musste es sein. Skeptisch betrachtete ich das Gebäude und schaute noch einmal auf den Zettel, den Angelo mir in die Hand gedrückt hat. Die Adresse stimmte und der Name auch, also war ich hier richtig.

Also doch kein Schwulenclub. Aber was dann? Ob Angelo hier in Frauenkleidern auftrat? Bei ihm konnte ich mir das gut vorstellen. Bei Jared hingegen weniger. Ich wusste wirklich nicht, was ich von der ganzen Sache halten sollte.

Vorsichtig machte ich einen Schritt nach vorne und griff nach der Klinke. Ich war jetzt hier, da würde ich bestimmt nicht einfach einen Rückzieher machen, bevor ich mir das Ganze überhaupt angesehen hatte. Angelo wollte mir gern seinen Arbeitsplatz zeigen und mir seine Kollegen vorstellen. Diesen Gefallen konnte ich ihm wohl tun.

Mit der Hand auf dem Türgriff blieb ich stehen, als ich von drinnen Gelächter hörte. Ich sollte einfach wieder gehen. Wer konnte schon wissen, was ich da drin zu sehen bekommen würde? Doch bevor ich den Gedanken zu Ende gebracht hatte, wurde urplötzlich die Tür in meine Richtung aufgestoßen und donnerte mir mit voller Wucht gegen die Stirn.

„Au. Scheiße, tut das weh“, fluchte ich und hielt mir die Stirn.

„Oh, verdammt“, ertönte eine Männerstimme.

„Kannst du denn nicht aufpassen, du mieser …“, schimpfte ich und hielt dann inne.

Der Mann vor mir konnte nicht viel älter sein als ich, hatte ein sehr attraktives Gesicht und dunkle Schmalzlocken. Er hatte ein naives Lächeln aufgesetzt, was dazu führte, dass ich ihm keinen weiteren Moment böse sein konnte.

„Troy“, sagte der Kerl und lächelte entschuldigend, während er mir die Hand entgegenstreckte. „Mieser Troy nennt man mich eher selten. Dafür aber Dr. Feelgood. Soll ich dich vielleicht abhören?“

Er hob ein Stethoskop und jetzt erst fiel mir auf, dass er einen Kittel trug, unter dem seine nackte Brust zu sehen war. Was sollte das denn schon wieder?

„Werden hier alle Mädels so stürmisch begrüßt?“, fragte ich missmutig und nahm Troys Hand. Sein Griff war fest und er umfasste meine Finger mit beiden Händen, als wären wir alte Freunde. Er schien sich ernsthaft zu freuen, mich kennenzulernen. Auf meine Frage hin runzelte er die Stirn.

„Tja, da der Diamond Club ein Männerstripclub ist und hier jeden Abend um die hundert Frauen hereinspazieren, wäre es ziemlich zeitaufwändig, jeder Einzelnen von ihnen die Tür vor den Kopf zu schlagen. Vermutlich wäre es auch schlecht fürs Geschäft.“

Er schien ernsthaft über diese Option nachzudenken und ich begann langsam, mich zu fragen, ob er noch ganz bei Trost war.

„Männerstripclub?“, fragte ich. „Äh. Da wollte ich eigentlich nicht hin.“

„Ach. Stehst du nicht auf nackte Männer?“

„Doch … Ich meine, nein. Ich meine … Das tut doch überhaupt nichts zur Sache."

Ich schüttelte den Kopf und verschränkte die Arme vor der Brust. Dieser seltsame Typ machte mich ganz kirre.

„Ist das hier der Diamond Club?"

Troy nickte übermütig. „Ganz genau."

„Arbeitet hier ein Angelo?"

„Angel? Klar. Ist beim Training mit den anderen. Sind alle schon da. Außer Jared. Der muss aufgehalten worden sein."

Ich biss mir auf die Unterlippe, um nicht herauszuposaunen, wovon er aufgehalten worden war. Stattdessen betrachtete ich wieder das Gebäude. Ich war immer noch irritiert.

„Wie kann das denn sein? Das ist ein Club nur für Frauen, oder?"

„Ganz genau. Und wir heizen den Mädels so richtig ein."

„Aber Angelo ist doch schwul."

Troy zuckte mit den Schultern. „Na und? Er soll die Ladies ja nicht vögeln, sondern nur für sie tanzen. Und das macht er verdammt gut."

So richtig konnte ich mir das noch nicht vorstellen, beschloss aber, dass es am besten wäre, mir das Ganze einfach mal anzusehen.

„Kannst du mich zu ihm bringen?", fragte ich.

„Klar. Ich wollte eigentlich nur frische Luft schnappen, aber Rick verpestet am Hintereingang mit seinen Zigaretten die Luft. Also bin ich nach vorne gegangen."

Er hielt mir die Tür auf. „Ladies first", sagte er, weil er vermutlich verhindern wollte, dass mir die Tür ein weiteres Mal gegen den Kopf donnerte.

Ich lächelte gequält und nickte ihm dann zu, bevor ich an ihm vorbeiging. Er führte mich einen schummrigen Flur entlang, in dem es angenehm kühl war. Das musste die Garderobe sein. Zumindest deuteten die Kleiderhaken und die Theke stark darauf hin.

„Hier legen die Mädchen ihre Kleidung ab", erklärte Troy unnötigerweise. „Ich meine … Also eigentlich nur die Mäntel. Alle Kleider legen ja nur wir ab. Also … Ach. Du weißt schon, was ich meine, oder?"

Ich biss mir auf die Unterlippe, um nicht zu lachen. Irgendwie war Troy niedlich. Ich folgte ihm weiter, bis zu einer Tür. Hier ging es vermutlich in den Clubraum.

„Willkommen in Ladytopia", sagte Troy und machte eine einladende Handbewegung.

Ich musste blinzeln, als mir helles Licht entgegenstrahlte. Alles hier war voller kleiner Lichter, die die Bühne vor mir beleuchteten und aussahen wie funkelnde Diamanten. Diamond Club. Der Name passte wirklich gut. Oder die Aufmachung. Je nachdem, wie man es betrachtete.

Mein Blick wanderte weiter zur Bühne. Dort kniete ein Mann mit gesenktem Kopf in einem weißen Outfit. Auf seinem Rücken schien eine Decke oder etwas Ähnliches zu liegen. Als ich gerade den Mund aufmachen wollte, hielt Troy sich einen Finger an die

Lippen und bedeutete mir damit, still zu sein. Offensichtlich wurde hier gerade geprobt.

Ich verstand und ließ zu, dass Troy mich an die Theke führte, wo ich es mir auf einem der Barhocker gemütlich machen konnte. Der Mann auf dem Boden reckte einen Daumen nach oben, ohne dabei aufzusehen. Einen Augenblick fragte ich mich, wem das galt, bis Troy in eine Ecke des Raumes deutete, wo ein stämmiger Mann das DJ-Pult bediente.

Im nächsten Moment ertönten die ersten Klänge von Robbie Williams *Angel* und ich starrte wie gebannt auf die Bühne. Der Mann dort erhob sich bedächtig. Erst als er fast stand, klappte das auf, was ich für eine weiße Decke gehalten hatte, und entpuppte sich als übergroße Flügel, die sich weit auseinander spannten wie bei einer Vikcoria's Secret Show. Nur war dieser Mann alles andere als feminin. Er sah zwar nicht aus wie Arnold Schwarzenegger, aber er war hochgewachsen und trainiert. Mein Blick glitt seine weiße Jeans entlang, über seine nackte Brust, bis hin zu seinem schönen Gesicht und den kurzen Haaren. Ich stockte.

„Angelo?", flüsterte ich.

Troy stupste mich an und hielt wieder den Finger vor die Lippen. Sofort schloss ich den Mund und konzentrierte mich auf die Bühne. Konnte das wirklich sein? War das mein Cousin Angelo? Zu den romantischen Klängen bewegte der Engel sich langsam im Kreis, fuhr sich über seinen Körper und wurde zum Inbegriff eines sexy Schutzengels, von dem jede Frau träumte.

Ich war überwältigt und so gefangen von dem Schauspiel, dass es mir noch nicht einmal seltsam vorkam, als Angelo seine Gürtelschnalle öffnete. Routiniert zog er den Gürtel aus der Hose und warf ihn gekonnt hinter sich. Dann griff er nach dem Bund seiner Jeans, um sie im nächsten Moment mit einem Ruck von sich zu schleudern. Ganz offensichtlich besaß die hose an den Seiten Klettverschlüsse. Nun stand er da. In all seiner Pracht. Ein wunderschöner Mann im weißen Tanga, der zu der Musik seine Hüften kreisen ließ. Es war keine erotische Melodie, aber wenn ich nicht genau gewusst hätte, dass das da vorne mein schwuler Cousin Angelo war, hätte ich mich sofort den wildesten Engelfantasien hingegeben.

Wahnsinn.

Jetzt würde mir doch keiner glauben, dass ich ihn heute Morgen noch für eine Frau gehalten hatte. Das war absolut unmöglich. Angelo drehte eine weitere Runde und beugte sich dann herunter, um eine blonde Frau auf die Bühne zu ziehen. Mein Mund klappte vor Überraschung auf, als ich sie erkannte. Norah? Arbeitete sie etwa auch hier?

Ich schluckte, als ich dabei zusah, wie Angelo sie von hinten umfasste und über ihre Arme streichelte, während er weiterhin seine Hüften bewegte. Norah beschwerte sich nicht, sondern schien reichlich Spaß an ihrer Rolle zu haben. Sie kicherte, als Angelo ihre Hand an seinen nackten Hintern legte, und gab ihm sogar einen spielerischen Klaps. Mein Gott, wo war ich hier bloß hineingeraten? Das Ganze kam mir vor wie ein Live-Porno … mit Engeln. Aber warum eigentlich nicht? Man musste ja allen möglichen Fetischen gerecht werden. Und wer war ich, so etwas zu kritisieren?

Es dauerte noch eine Minute, dann führte Angelo Norah ganz Gentleman wieder von der Bühne. Danach machte er einige weitere Bewegungen, die seine Flügel wunderbar in Szene setzten, und sank am Ende wieder zurück in die hockende Position vom Anfang. Das Lied verklang, das Licht ging aus und Troy fing begeistert an zu klatschen. Ich hatte eine Gänsehaut und stimmte sofort in den Beifall mit ein.

„Bravo", rief er. „Das war super. Angel als Angel. Genau so etwas hat uns noch in der Show gefehlt."

Die Scheinwerfer flammten wieder auf und auch Norah applaudierte, so wie zwei andere Männer, die an der Seite standen und zugesehen hatten. Waren das auch Stripper? Von der Figur würde es passen, und die Gesichter waren auch nicht übel.

Angelo freute sich offenbar über das Lob und grinste von einem Ohr zum anderen.

Ich räusperte mich und jetzt erst schienen die anderen mich überhaupt zu bemerken.

„Mary", rief Angelo. „Da bist du ja endlich. Wie schön."

Er grinste und hüpfte erstaunlich behände von der Bühne. Seine Flügel wirkten nicht so, als würden sie behindern. Er trat auf mich zu und schloss mich in die Arme. Seine Augen glänzten vor Aufregung.

„Heute Abend werde ich diese Nummer zum ersten Mal aufführen. Und? Was hältst du davon?"

Wollte er tatsächlich von mir wissen, ob seine Tanznummer mich angeturnt hatte?

„Äh. Super", sagte ich. „Du bewegst dich wirklich toll zur Musik."

„Och. Das war doch noch gar nichts", versicherte Troy. „Du solltest uns mal als Cowboys sehen. Da wird richtig getanzt und gerockt. Dagegen sah das hier total schwul aus. Also ... Äh. Nicht, dass ich was gegen Schwule hätte, aber ..."

„Schon gut", sagte Angelo. „In einem hast du recht. Mit den Dingern kann ich mich kaum frei bewegen. Aber es geht ja auch eher darum, die Fantasie der Ladies zu beflügeln."

„Also das gelingt dir damit auf jeden Fall." Ich lächelte ihn an.

Angelo war also Stripper. Und das auch noch in einer Frauenbar! Damit hätte ich nie gerechnet, aber er war ganz offensichtlich glücklich und schien keine Probleme damit zu haben, Frauen anzutanzen. Irgendwie irritierte mich das. Wie machte er das nur?

„Hey, Angel", sagte einer der halbnackten Männer. „Willst du uns deine süße Cousine nicht vorstellen?"

„Aber sicher doch, Matt. Geduld." Angelo lächelte. „Also, fangen wir mal rechts an. Troy hast du ja schon kennengelernt."

Ich nickte und strich mir über die Stirn, wo sich vermutlich bald eine Beule bilden würde. „Allerdings. Die Begegnung hat mich fast umgehauen."

„Tschuldigung nochmal", sagte Troy betreten und klopfte nervös mit der Faust gegen sein Bein.

Ich winkte ab.

„Und das hier ist Matt."

Matt war ein dunkelblonder, gutaussehender Kerl mit faszinierend grünen Augen. Er trug kein Shirt, sodass ich die Tattoos an seinen Schultern sehen konnte. „Freut mich, dich kennenzulernen", sagte Matt und ich lächelte. Sein Handschlag war selbstbewusst und angenehm.

„Ebenso", sagte ich.

„Und ich bin Rick", erklärte eine donnernde Stimme und ich machte unwillkürlich einen Schritt zurück. Ein riesiger Kerl mit Bergen von Muskeln streckte mir die Hand entgegen und drückte sie so heftig, dass ich Angst bekam, er würde sie zerdrücken. Ich hatte das Gefühl, er wäre doppelt so groß wie ich.

„Süß, die Kleine. Ist zwar nix dran, aber süß ist sie trotzdem."

Ich rieb mir nervös die Hand und sagte nichts dazu. Bei Kerlen wie Rick war es vermutlich besser, die Füße stillzuhalten.

„Hm. Die anderen sind wohl alle gerade draußen. Schade. Ich wollte dir eigentlich noch Jared vorstellen."

„Mit Jared hatte ich schon das Vergnügen", erklärte ich. „Genauso wie mit …"

Ich sah Norah an, aber als diese den Kopf schüttelte, verstummte ich. Warum wollte sie nicht, dass die anderen das mit ihr und Jared wussten? Ob es ihr peinlich war, dass sie sich darauf eingelassen hatte? Möglich wäre es.

„Mit dir, Angelo“, sagte ich, um meinen Satz zu beenden. „Jared wird sicher bald kommen. Er wollte nur vorher noch duschen.“

„Oh. Dann hast du ihn also schon kennengelernt. Das ist gut. Ich hoffe, er hat sich von seiner besten Seite gezeigt.“

Im Augenwinkel sah ich, wie Norah sich die Hand vor den Mund hielt, um ein Lachen zu unterdrücken. „Sicher“, sagte ich schnell. „Er war der vollendete Gentleman.“

„Sagt mal“, rief in diesem Moment eine dunkle Stimme. „Ist das hier ein Kaffeekränzchen, oder was?“

Ein gutaussehender Mann, der sicherlich zwanzig Jahre älter war als der Rest der Truppe, stampfte auf uns zu und baute sich vor den Strippern auf.

„Es ist fast neun, Jungs, und ihr steht blöd rum und labert. Es gibt noch viel zu tun, bevor die Ladies auftauchen, also bewegt eure Ärsche hier raus.“

Er warf mir einen kurzen Blick zu und eine Augenbraue zuckte nach oben.

„Wer ist das denn? Schon wieder ′ne Neue? Wer von euch hat es denn diesmal geschafft, ′ne Braut abzuschleppen?“

„Oh. Mary gehört zu mir, Boss“, erklärte Angelo.

Verständnislos sah Mr. D von meinem Cousin zu den anderen Jungs.

„Hat Angel was genommen?“, fragte er.

Alle lachten, nur Troy schaute verdattert drein. „Was denn genommen?“

„Vergiss es, Troy“, sagte Matt und klopfte ihm auf die Schulter. Dann wandte er sich wieder seinem Chef zu. „Mary ist Angelos Cousine, Boss. Sie ist nur hier, um uns mal kennenzulernen.“

Der Chef nickte. „Soll mir recht sein. Meinetwegen kann sie sich die Show reinziehen. Aber nur, wenn sie euch nicht weiter von der Arbeit abhält.“

Er drehte sich herum und marschierte wieder auf die Tür zu, und so schnell, wie er aufgetaucht war, war er auch wieder verschwunden.

Verdattert sah ich ihm nach.

„So. Damit kennst du auch das größte Tier hier im Stall“, erklärte Angelo. „Das war unser Boss, Mr. D. Jetzt kann ich nur hoffen, dass Jared bald aufkreuzt. Sonst …“

„Bin schon da“, rief Jared in diesem Moment vom Flur. Beim Betreten des Clubraums warf er Norah einen kurzen Blick zu, den diese geflissentlich ignorierte. Er trug jetzt wieder ein langärmliges schwarzes Shirt, das seine Tattoos vollständig bedeckte. Ich verstand gar nicht, wieso er sich den Körper von oben bis unten tätowieren ließ, nur um diese Kunstwerke dann zu verstecken.

„Na wunderbar“, sagte Angelo. „Dann kann es ja losgehen. Wirst du zur Vorstellung bleiben, Mary?“

Ich stellte mir vor, wie alle diese Männer im Tanga auf der Bühne herumspringen würden. Der Gedanke erheiterte mich.

„Ihr alle nackt da oben? Um nichts in der Welt würde ich mir das entgehen lassen.“

***

„Danke, dass du mich vorhin nicht verraten hast."

Ich war überrascht, als Norah sich zu mir stellte, obwohl sie eigentlich alle Hände voll zu tun hatte. Der Club war gut besucht und die Diamond Guys gaben auf der Bühne ihr Bestes, während die Zuschauerinnern kreischten und johlten. Die Jungs hatten es drauf. Das musste man ihnen lassen. Ich war zwar noch nie bei den Chippendales gewesen, aber ich konnte mir kaum vorstellen, dass die eine bessere Show lieferten. Die Diamond Guys waren einmalig und ich freute mich sehr für Angelo, dass er so erfolgreich war.

„Ach, schon gut", sagte ich. „Hast du grad nichts zu tun?"

Sie lächelte. „Doch. Mehr als genug sogar. Aber während die Ladies damit beschäftigt sind, den Jungs Geld ins Höschen zu stecken, bemerken sie gar nicht, dass ihre Gläser leer sind."

„Auch wieder wahr", gab ich zu.

Den Jungs auf der Bühne zuzusehen machte wirklich Spaß. Da ich nicht bezahlt hatte, hielt ich mich im Hintergrund, aber nachdem ich zwei Bier intus hatte, hätte ich mich am liebsten vorne mit an die Bühne gestellt, um ihnen zuzujubeln.

Angelo bewies mir eindrucksvoll, dass es ihm überhaupt nichts ausmachte, mit den Zuschauerinnen zu flirten und zu tanzen. Im Gegenteil. Ich meinte sogar, eine deutliche Beule in seinem Tanga zu sehen. Ganz offensichtlich hielt seine Homosexualität ihn nicht davon ab, die Situation erotisch zu finden. Das irritierte mich.

„Wie schafft Angelo es bloß, so viel Engagement zu zeigen, obwohl er gar nicht auf Frauen steht?“, fragte ich neugierig.

Norah sah zu meinem Cousin hinüber und zuckte mit den Schultern.

„Naja. Versuch mal, dich in ihn hineinzuversetzen. Wie wäre es denn, wenn du da oben mit einer Frau tanzen würdest und um dich herum alle jubeln? Würde dich das nicht anmachen? Also mich wahrscheinlich schon.“

Ich sah sie an. Würde es mir gefallen, mit einer Frau auf Tuchfühlung zu gehen? Ihre Brüste zu berühren und … Ich wurde rot. Ja. Das würde mich anmachen. Obwohl ich eindeutig auf Männer stand, würde es mich vermutlich erregen. Warum also sollte es Angelo da nicht genauso gehen?

„Warum ist Jared eigentlich nicht mit auf der Bühne?“, fragte ich neugierig. Es waren schon zwei Acts vorbei, in denen alle Stripper gemeinsam tanzten, und ich hatte ihn noch nicht gesehen.

„Bei den ersten zwei Gruppennummern macht er nicht mit“, erklärte Norah. „Dann ist die Überraschung größer, wenn er in seiner Einzelnummer seine Tattoos entblößt.“

„Warum willst du eigentlich nicht, dass jemand von dir und Jared erfährt?“

Norah stellte das Tablett neben mir ab und seufzte. „Es gibt kein Jared-und-mich“, erklärte sie ernst. „Ich weiß selbst nicht, warum ich mit zu ihm nach

Hause gegangen bin. Er kann sehr charmant sein, wenn er will. Vermutlich hat er bei mir einfach einen schwachen Moment erwischt. Aber ich suche nichts für eine Nacht. Wenn, dann möchte ich eine richtige Beziehung. Nicht so was Oberflächliches. Was bleibt mir denn da, bis auf schöne Erinnerungen? Außerdem …" Sie sah kurz zur Bühne und mir ging ein Licht auf.

„Oh, du hast ein Auge auf einen anderen der Jungs geworfen", mutmaßte ich. „Auf welchen denn? Ich sag's auch nicht weiter, Ehrenwort."

Norah lachte und schüttelte den Kopf. „Nein, nein. Das Problem ist nicht einer der Jungs, sondern Mr. D."

„Wie jetzt. Du stehst auf den Chef?"

„Um Himmels willen, nein. Er ist mein Onkel. Wobei. Eigentlich ist er nicht mein richtiger Onkel, sondern nur mein Patenonkel. Er war der beste Freund meines Vaters, und seitdem der gestorben ist, hat Mr. D mich sozusagen unter seine Fittiche genommen."

„Oh." Das erklärte einiges.

„Ja. Und er fände es gar nicht so lustig, wenn ich mit einem der Jungs was anfangen würde."

Ich nickte. Das leuchtete mir ein.

„So", sagte Norah. „Ich muss jetzt aber weitermachen. Mein Onkel guckt schon rüber. Am Ende zieht er mir die fünf Minuten Gequatsche vom Lohn ab."

„Ist er wirklich so streng?"

Sie zuckte mit den Schultern. „Nö. Nur mittwochs

und an Tagen, die auf g enden."

Sie lächelte mir noch einmal zu und verschwand dann wieder in Richtung Bar, um neue Getränke zu holen.

„Ladies. Als Nächstes möchte ich euch einen ganz besonderen Act anpreisen", rief Mr. D ins Mikrophon. „Es ist ein Mann, der Jahre gebraucht hat, um euch diese Nummer präsentieren zu können. So lange arbeitet er schon daran, für euch zu einem einzigartigen Menschen zu werden. Ein Anblick, den ihr sicher nicht so schnell wieder vergessen werdet. Meine Damen. Seht ihn euch an. Hier kommt: Der einzigartige SNAKE!"

Mein Kopf schoss nach oben. Ich hatte vorher schon gehört, wie jemand Jared Snake genannt hatte, und wenn er nun angekündigt wurde, musste das wohl sein Künstlername sein.

Musik ertönte, schnell und rhythmisch. Im nächsten Moment kam ein Mann auf die Bühne gesprungen, der ganz in Schwarz gekleidet war. Selbst das Gesicht war zur Hälfte mit einer schwarzen Maske bedeckt, die mich an Bilder vom Karneval in Venedig erinnerte.

Als er anfing zu tanzen, wusste ich im ersten Moment nicht, ob es sich wirklich um Jared handeln konnte. Er war so gelenkig und flink in seinen Bewegungen, dass er genauso gut in einem Zirkus hätte auftreten können. Er machte Überschläge, drehte sich um die eigene Achse und zog eine Show ab, die ich ihm nie im Leben zugetraut hätte. Offenbar hatte er allen Grund, so sehr von sich eingenommen zu sein.

Als Nächstes riss er sich die Maske vom Kopf und genoss es sichtlich, wie die Mädels ihn dafür bejubelten. Er grinste über das ganze Gesicht und breitete die Hände aus, um den Applaus noch weiter anzufachen. Dann wechselte die Musik plötzlich und wurde düsterer. Sofort blieb Jared stehen, begann seine Hüften zu bewegen und den Mädels auffordernde Blicke zuzuwerfen. Dann packte er sein Shirt und riss es mit einem Ruck auseinander. Das Scheinwerferlicht ließ Jareds Oberkörper wie ein Kunstwerk erstrahlen. Seine Tattoos schienen bei den sinnlichen Bewegungen lebendig zu werden und über seinen Körper zu huschen. Es wirkte, als würde die Schlange sich genüsslich über seinen flachen Bauch räkeln. Einige Frauen schrien überrascht auf. Andere johlten vor Begeisterung. Unvermittelt fasste Jared nach unten und entledigte sich auch seiner Hose. Ohne es zu wollen, beugte ich mich nach vorne, um besser sehen zu können. Den Schwanz der Schlange, von dem er gesprochen hatte, konnte ich trotzdem nicht sehen. Der Tanga schien ihn genau zu verdecken.

Die Tattoos an Jareds Beinen waren jedoch deutlich erkennbar und waren genauso beeindruckend wie am Rest seines Körpers. Soweit ich sehen konnte, hatte er kaum eine Körperstelle ausgelassen.

Die Bilder reichten bis weit hinunter, wobei sie kurz vor den Füßen endeten. Genau wie seine Hände und das Gesicht, waren sie völlig frei. Es wirkte dadurch fast so, als würde er einen Anzug tragen.

Jared ließ sich von allen Seiten bewundern und sah sich suchend im Publikum um. Schnell lehnte ich mich wieder zurück und erschrak, als er mir einen Blick zuwarf und lächelte. Es war eindeutig, dass er mich am liebsten auf die Bühne geholt hätte, aber da ich keine Anstalten machte, näher zu kommen, griff er stattdessen nach einer der kreischenden Zuschauerinnen und zog sie zu sich nach oben. Er setzte sie auf einen Stuhl und umtanzte sie auf eine Art und Weise, die mir den Mund trocken werden ließ. Als er die Hand der fremden Frau in seinen Schritt legte, musste ich schlucken. Hatte er etwa vorgehabt, das auch mit mir zu machen? Den Gedanken fand ich erschreckenderweise erregend. Verdammt. Vielleicht hätte ich doch nicht hier bleiben sollen, um diese Show anzusehen.

Entschlossen stand ich auf und ging zur Tür. Dort kam ich an einem stämmigen Mann mit Sonnenbrille und Hut vorbei, der wohl einer der Türsteher des Clubs war. Mir fiel auf, dass unter der Brille eine Narbe hervorlugte, die er nicht hatte verstecken können. Er hielt mich nicht auf, aber ich spürte seinen fragenden Blick, obwohl ich ihn durch die dunklen Brillengläser nicht erkennen konnte.

„Entschuldigung", sagte ich. „Könnten Sie Angelo ausrichten, dass seine Cousine Mary schon gegangen ist?"

Der Mann nickte. Besonders gesprächig war er offenbar nicht. Als mir klar wurde, dass ich keine weitere Reaktion von ihm erwarten durfte, verließ ich den Club und machte mich auf den Weg nach Hause. Für den ersten Abend hatte ich eindeutig genug gesehen.

4. Kapitel

„Hier, Mary. Das wird dir guttun."

Richard hielt mir eine Spritze entgegen, und trotz meiner Benebelung erkannte ich sofort, worum es sich handelte.

„Heroin?", fragte ich. „Ich glaube nicht …"

„Ach was. Das Zeug ist super. Und gar nicht so gefährlich, wie die Leute alle behaupten. Ich nehm das schon seit Jahren. Und? Sehe ich aus wie ein Junkie?" Er wartete meine Antwort nicht ab. „Probier es doch einfach. Die erste Runde geht aufs Haus. Und falls du mehr willst …" Er sah mich lüstern an. „Dann weißt du ja, wie du es bekommen kannst."

Zögerlich krempelte ich den Ärmel hoch. „Und das soll wirklich so toll sein?", fragte ich.

„Es ist der Hammer", versicherte mir Richard, als er mir den Arm abband.

Als ich aufwachte, war ich schweißgebadet und atmete schwer. Mein Gott. Der Traum hatte sich so real angefühlt. Als wäre ich wirklich zurück in die Vergangenheit katapultiert worden. Meine Zähne klapperten und trotz der Wärme war mir plötzlich eiskalt. Verdammter Mist. Ich brauchte einen Schuss. Ich hatte schon ewig nicht mehr so stark das Bedürfnis danach gehabt wie jetzt. Nur ein einziger Schuss. Dann ginge es mir sicher besser.

„Mary?"

Die Stimme neben mir klang verschlafen und ich drehte mich zu ihr um. In der Dunkelheit konnte ich nur schemenhafte Umrisse von Angelo erkennen. Er musste irgendwann in den letzten Stunden ins Zimmer geschlichen sein, ohne dass ich es gemerkt hatte. Es war vermutlich noch mitten in der Nacht.

„Alles in Ordnung, Mary?"

„Ja ... Nein ... Ich weiß es nicht genau."

„Schlecht geträumt?"

„Ja."

„Komm her, Süße", sagte Angelo und hob seine dünne Decke.

Ich zögerte keine Sekunde, sondern krabbelte zu ihm und ließ mich bereitwillig von ihm in die Arme schließen. Allmählich hörte das Zittern auf. Ich atmete genüsslich seinen sauberen Geruch ein, der mich an eine glückliche Kindheit erinnerte und jeder Gedanke an Richard verblasste augenblicklich. Angelo war so warm und strahlte so viel Zuversicht aus. An ihn hätte ich mich damals wenden sollen, als ich völlig am Ende gewesen war. Warum nur war ich nicht früher auf diese Idee gekommen? Das hätte mir vieles erspart.

„Versuch noch ein bisschen zu schlafen", riet Angelo mir und drückte mich an sich.

Ich nickte und schloss die Augen. Solange Angelo bei mir war, würde ich meinen Notfallumschlag nicht brauchen. Es war ein gutes Gefühl, das zu wissen und gab mir eine Sicherheit, die ich schon seit Jahren nicht mehr empfunden hatte.

***

Als ich ein paar Stunden später erwachte, dämmerte es. Zuerst überlegte ich, einfach liegen zu bleiben, aber dafür war es eindeutig zu spät. Daher löste ich mich vorsichtig aus Angelos Umarmung und stand auf. Schnell schnappte ich mir meine Kleidung vom Boden und schlich aus dem Zimmer. Im Flur atmete ich tief durch und ging in Richtung Wohnzimmer. Eigentlich hatte ich vorgehabt, direkt weiter zu laufen, um ins Bad zu kommen, aber als ich einen Blick nach draußen warf, erstarrte ich.

Auf der Terrasse saß Jared und machte Yoga. Und zwar splitterfasernackt. Er kniete mit dem Rücken zu mir auf einer Matte und hatte die Arme nach hinten gereckt. Es war zu dunkel, um Einzelheiten zu erkennen, daher kam es mir vor, als würde ich ein Schattenbild beobachten. Ein überaus sinnliches Schattenbild.

Es war eigenartig. Während mir seine Nacktheit gestern auf der Bühne noch lustig erschienen war, kam es mir jetzt vor, als würde ich etwas Verbotenes tun, indem ich ihm zusah. Trotzdem konnte ich nicht wegsehen. Alle paar Minuten wechselte Jared die Position, um eine neue Übung zu absolvieren, und schien dabei vollkommen konzentriert zu sein. Seine Bewegungen waren kraftvoll und überwältigend schön. Obwohl er nicht wissen konnte, dass ich ihn beobachtete, kam es mir so vor, als würde er diese Darbietung nur für mich machen. Ich sah, wie seine Muskeln sich spannten, und die Kraft und Eleganz seines Körpers ließen mich erschauern.

Mein Mund wurde trocken und ich spürte, wie es in meinem Unterleib kribbelte. Wie lange war es her, dass ich Lust auf Sex empfunden hatte? Natürlich war mir auch jetzt klar, dass der Sex in meinem Kopf tausend Mal besser war, als es die Realität jemals sein könnte. Trotzdem überraschte es mich, dass ich mich überhaupt nach Jareds Berührung sehnte. Und das, obwohl er noch nicht einmal wusste, dass ich in der Nähe war.

Ich hätte ihn noch stundenlang beobachten können. Mein Körper schien bereits völlig vergessen zu haben, wie man sich bewegte, als Jared die letzte Position löste, aufstand und zurück in die Wohnung kam.

Erschrocken fuhr ich aus meiner Erstarrung und überlegte panisch, wo ich mich verstecken könnte. Hinter der Couch? Lächerlich. Unterm Tisch? Noch bescheuerter! Ich musste mich jetzt entscheiden, sonst war es zu spät. Kurzerhand stellte ich mich hinter den Vorhang und betete, dass er einfach an mir vorbeilaufen und mich nicht bemerken würde.

Mein Herz setzte einen Moment aus, als Jared nicht weit von mir entfernt stehenblieb. Oh bitte, bitte. Geh doch einfach weiter, dachte ich und drückte mir selbst die Daumen.

„Mary?", sagte er und ich spürte, wie ich puterrot wurde. Mir war klar, dass er mich entdeckt hatte, aber ich traute mich nicht, zu antworten. „Mary. Warum zum Teufel versteckst du dich hinter dem Vorhang?"

Am liebsten wäre ich im Boden versunken, als Jared den Vorhang beiseiteschob. „Ähhhh ...", brachte ich hervor und gab mir alle Mühe, nicht auf seine unteren Körperregionen zu schielen. Jared war wirklich gut gebaut … aber wenn ich nun auch noch in seinen Schritt starrte, dann war ich wahrscheinlich endgültig bei ihm unten durch.

„Hast du wirklich geglaubt, ich würde dich dahinter nicht sehen?", fragte Jared und seine Augen blitzten vor Schalk. „Wo sind wir denn hier? Bei Scary Movie? Fehlt nur noch, dass du kicherst und mit den Füßen wackelst."

Ich wurde wieder rot. „Naja. Ich ..." Ich hatte keine Ahnung, was ich sagen sollte. Peinlicher ging es ja wohl gar nicht.

„Du hast mich beobachtet, hab ich recht?", fragte Jared, obwohl ich mir sicher war, dass er die Wahrheit kannte. Vielleicht hätte ich einfach dazu stehen sollen, dass ich ihm bei seinen Übungen zugesehen hatte. Dann hätte ich mir die Sache mit dem Verstecken sparen können. „Und?", fragte er mit anzüglichem Grinsen. „Hat dir die Show gefallen?"

Ich räusperte mich und zwang mich, ihm ins Gesicht zu gucken und nicht zwischen seine Beine. Inzwischen hätte das Licht ausgereicht, um etwas zu erkennen, aber selbst ein Stripper wollte vermutlich nicht auf seine Weichteile reduziert werden.

„Welche Show denn?", fragte ich so unbekümmert wie möglich und ärgerte mich, weil meine Stimme so rau klang. „Ich war gerade auf dem Weg ins Bad und hab hinter dem Vorhang nur etwas gesucht. Ist dir eigentlich aufgefallen, dass du nackt bist?"

Jared stieß ein kehliges Lachen aus.

„Gutes Ablenkungsmanöver. Dass ich nackt bin, ist zufällig Absicht", sagte er. „Ich war Schwimmen und habe ein paar Dehnübungen gemacht."

„Du warst schwimmen? Nackt?", fragte ich ungläubig und bemerkte jetzt erst, dass seine Haut voller Sand war und seine Haare immer noch feucht aussahen.

„Aber sicher. Warum denn nicht? Das mache ich jeden Morgen. Solltest du auch mal ausprobieren. Es ist unheimlich befreiend."

Mir kam die Frage in den Sinn, ob er sich nicht davor fürchtete, dass ein Fisch ihm den Schwanz abbeißen könnte.

„Hast du keine Angst, dass dich jemand sieht?", fragte ich stattdessen.

„Um diese Uhrzeit liegen die meisten Menschen noch im Bett. Apropos. Warum du nicht? Schlecht geschlafen?"

Ich schwieg. Meine Albträume gingen Jared überhaupt nichts an. Genauso wenig wie der Rest meines kaputten Lebens.

„Ich bin Frühaufsteherin", erklärte ich schlicht.

„Na, das trifft sich ja wunderbar. Dann muss ich in nächster Zeit nicht mehr alleine frühstücken. Angelo ist nämlich ein notorischer Langschläfer."

Das überraschte mich nicht. Angelo war als Kind schon kaum aus dem Bett zu kriegen gewesen. Seine Mutter hatte sich regelmäßig bei meiner darüber beschwert, dass sie sich ständig etwas Neues einfallen lassen musste, um ihn pünktlich zur Schule zu bekommen. Bei der Erinnerung daran musste ich lächeln und vergaß fast, dass Jared immer noch in all seiner Pracht vor mir stand.

„Ich gehe jetzt duschen", erklärte er. „Falls du mich also nicht begleiten willst, schlage ich vor, dass du schon mal Kaffee machst. Die Pads findest du im Hängeschrank über der Spüle. Du trinkst doch Kaffee, oder?"

Ich nickte. „Ein Tag ohne Kaffee ist ein vergeudeter Tag."

Jared lächelte. „Ich muss sagen, du wirst mir langsam richtig sympathisch."

Er trat an mich heran und schien sich in keinster Weise für sein Adamskostüm zu schämen. Ob er sich durch seine Tattoos angezogener fühlte? Ich biss mir auf die Zunge, um ihn nicht danach zu fragen. Mein erster Impuls war, seinem Blick auszuweichen und zu Boden zu sehen, aber dann würde ich unweigerlich auf sein Glied starren und das wollte ich nach Möglichkeit vermeiden. Also hielt ich ihm stand und stellte fest, dass das Licht inzwischen ausreichte, um den Lidstrich zu erkennen.

„Hast du dich heute Morgen etwa schon geschminkt?", fragte ich überrascht.

Jared lachte. „Das ist eine Tätowierung."

Ich fühlte, wie meine Kinnlade herunterklappte. „Du hast dir einen Lidstrich tätowieren lassen?"

Jared breitete die Hände aus, als wolle er, dass ich seinen Körper von oben bis unten betrachtete. Tattoos, so weit das Auge reichte.

„Wundert dich das? Außerdem habe ich mir den Strich nicht stechen lassen. Ich habe ihn selber gestochen.“

„Oh. Also bist du nicht nur Stripper, sondern auch Tätowierer, ja?“

„Kann man so sagen.“ Er lächelte. „Ich mache aber nur spezielle Aufträge. 0815-Arschgeweihe sind nicht so mein Ding. Wenn ich jemanden tätowiere, dann soll es etwas Besonderes sein. Ich zeichne meine Tattoos immer selbst und …“

„Jared“, unterbrach ich ihn, weil er mir mit seinem nackten Körper inzwischen viel zu nah war. „Ich bewundere ja dein Selbstbewusstsein, aber würde es dir etwas ausmachen, wenn wir dieses Gespräch später am Frühstückstisch weiterführen? Angezogen?“

Jared grinste. „Wie Ihr wünscht, Mylady“, sagte er und deutete eine Verbeugung an.

Dann drehte er sich um und ging los in Richtung Bad. Ohne es zu wollen, glitt mein Blick zu seinem knackigen Hintern und ich kniff mir selbst in den Arm, um mich zur Räson zu bringen. Einen Kaffee würde ich heute Morgen gar nicht mehr brauchen. Jared hatte meinen Kreislauf definitiv in Schwung gebracht.

***

Als Angelo zwei Stunden später aus seinem Zimmer getapst kam, hatten Jared und ich schon längst zu Ende gefrühstückt. Jared war mir gegenüber nicht unhöflich, aber distanziert, so als hätte er einfach kein großes Interesse an mir. Immerhin hatte er mir berichtet, dass er sich ein Tattoostudio mit einem älteren Mann teilte, der ihm in den letzten Jahren viel beigebracht hatte. Jared arbeitete dort immer vormittags, um abends im Diamond Club sein zu können.

„Morgen", sagte Angelo verschlafen und schlurfte zur Kaffeemaschine.

Er sah unheimlich süß aus, so ganz ohne Schminke. Seine Haare standen nach allen Seiten ab und seine Augen waren ganz klein.

„Guten Morgen, Langschläfer", sagte Jared gutgelaunt.

Ich bewunderte es, wie locker er mit Angelo umging. Selbst, als dieser ihm übers Haar strich und ihm einen freundschaftlichen Kuss auf die Stirn drückte, schreckte Jared nicht zurück, sondern grinste nur und beobachtete, wie Angelo sich einen Kaffee einschenkte. Die meisten anderen Männer wären vermutlich schreiend davongelaufen. Wenn ich nicht genau gesehen hätte, wie Jared mit Norah herumgemacht hatte, dann …

„Wie könnt ihr beide eigentlich schon so wach sein?", fragte Angelo gähnend, als er sich an den Tisch gesetzt hatte. „Von Jared bin ich das ja gewohnt, aber du, Mary … Du hast doch früher auch immer lange geschlafen."

Ich zuckte mit den Schultern. Es stimmte. Früher hatte ich gerne bis mittags im Bett gelegen, wenn ich die Gelegenheit dazu bekam. Aber seitdem ich den Entzug durchgemacht hatte, schlief ich nicht mehr so gut. Ich träumte ständig von meiner Vergangenheit und daher stand ich lieber früh auf und verzichtete auf diese Tortur.

Angelo lehnte sich etwas zurück und nahm einen Schluck. „Aaaaah. Das tut gut." Er sah uns an. „Ihr zwei scheint euch ja ganz gut zu verstehen. Da bin ich aber froh. Hast du schon mit ihr geredet, Jared?"

Dieser schüttelte den Kopf. „Ich dachte, es wäre besser, wenn du es ihr erklärst."

Angelo nickte und ich bekam ein ungutes Gefühl.

„Was denn?", fragte ich.

Angelo spielte mit der Kaffeetasse in seiner Hand, als hätte er ein schlechtes Gewissen „Es geht um Folgendes, Mary. Ich wusste ja nicht, dass du kommst. Und da habe ich … Also eigentlich …"

Ich hatte keine Ahnung, worauf er hinaus wollte und sah Jared fragend an.

„Angelo hat Urlaub genommen und wollte mit seinem Stecher auf eine Kreuzfahrt gehen", schaltete dieser sich ein.

„Stecher? Herbert ist nicht mein Stecher", entrüstete sich Angelo. „Er ist …" Nachdenklich sah er auf seinen Kaffee. Offenbar fiel ihm auch kein besseres Wort für Herbert ein, also trank er noch einen Schluck. „Jedenfalls wollten wir eigentlich für zwei Wochen wegfahren, aber das kann ich auch absagen", fügte er dann hinzu. „Herbert wird das sicher verstehen."

Jared schnaubte. „Als ob. Er wird durch die Decke gehen, wenn du das absagst. Außerdem gibt es dafür keinen Grund. Ich habe dir versprochen, ein Auge auf dein Cousinchen zu halten, und wir beide werden sicher prächtig miteinander auskommen, nicht wahr, Mary?"

Ich fühlte mich überrumpelt und war überrascht, dass Jared so etwas behauptete. Bisher hatte ich nicht den Eindruck gehabt, dass er mich sonderlich mochte, nickte aber schnell. Möglicherweise hatte er das nur gesagt, um Angelo zu beruhigen. Solange Jared seine Klamotten anbehielt und nicht den Macho raushängen ließ, würde es schon gehen. Nur wenn er nackt vor mir stand, wurde es schwieriger. Trotzdem war das kein Grund für Angelo, seinen Urlaub abzusagen. Ich war immerhin kein Kind mehr.

„Natürlich kannst du fahren", sagte ich mit so viel Überzeugung wie möglich. „Ich wollte mir sowieso nachher eine Zeitung besorgen und mir einen Job suchen. Falls ich Hilfe brauche, ist Jared ja da. Alles in Ordnung."

Ich gab mir Mühe, Angelo meine Unsicherheit nicht spüren zu lassen. Er gab mir den Halt, den ich dringend benötigte. Wenn er fortging, dann würde ich vielleicht doch auf meinen Notfallumschlag zugreifen müssen ... Aber darüber wollte ich gar nicht nachdenken.

„Bist du dir sicher?", fragte Angelo skeptisch.

„Ganz sicher."

Er betrachtete mich noch eine Weile, als würde er davon ausgehen, dass ich meine Aussage jeden Moment wieder rückgängig machte, aber das tat ich nicht. Ich wollte Angelo nicht sein Leben kaputtmachen, nur weil ich das Gefühl hatte, ihn zu brauchen. Das wäre ungerecht ihm gegenüber. Er hatte mich hier aufgenommen und ließ mich in seinem Bett schlafen. Da brauchte ich nicht auch noch an ihm hängen wie eine Klette.

„Dann wäre das ja geklärt“, sagte Jared, klatschte in die Hände und begann wie selbstverständlich, unser Geschirr wegzuräumen. „Angel kriegt seinen Liebesurlaub und Mary und ich machen uns hier so lange eine schöne Zeit. Wisst ihr zwei schon, was ihr heute vorhabt?“

„Naja …“ Unsicher sah ich zu Angelo, als dieser nickte.

„Aber ja doch“, sagte er. „Wir beide gehen shoppen. Es kann doch nicht sein, dass du in Miami wohnst und keine vernünftigen Schuhe hast.“

„Aber …“

„Du hast kein Geld. Ich weiß. Ich schieß es dir vor. Außerdem kaufen wir auch gleich ein paar Zeitungen und suchen für dich eine neue Arbeit. Irgendeinen Job als Kellnerin oder Verkäuferin wird es für dich schon geben.“

„Kellnerin?“ Jared war aufmerksam geworden und drehte den Wasserhahn zu. „Du könntest dir vorstellen, als Kellnerin zu arbeiten?“

Ich zuckte mit den Schultern. „Einen anderen Job werde ich als ungelernte Kraft wohl kaum kriegen, wenn ich keine Lust habe Regale einzuräumen.“

Jared nickte. „Wie wäre es dann, wenn du mal im Diamond Club fragst?“

Ich sah, wie Angelos Augen größer wurden und sein sonst so fröhliches Gesicht sich verfinsterte.

„Jared. Nein.“

„Wieso nicht? Norah hat gesagt, dass sie dringend Unterstützung braucht und alle, die bisher zum Probearbeiten da waren, hatten keine Ahnung. Was spricht dagegen, wenn Mary es mal versucht? Hast du schon mal gekellnert?“

„Ja, in meiner Highschoolzeit. Das war zwar in einem Restaurant, aber so viel schwieriger kann es in eurem Club nicht sein, oder?“

„Na also. Dann nimm sie doch morgen mit zu Mr. D.“

„Ich weiß wirklich nicht, ob das so eine gute Idee ist“, wandte Angelo ein.

„Warum denn nicht?“, fragte ich. Die Aussicht darauf, einen Job zu bekommen, ohne lange suchen zu müssen, stimmte mich optimistisch. „Ich weiß doch jetzt, was ihr da tut. Das macht mir nichts aus. Und Norah arbeitet ja auch da. Sie scheint wirklich nett zu sein.“

Angelo schwieg. Ganz offensichtlich bedrückte ihn etwas, aber ich konnte beim besten Willen nicht verstehen, was. Wenn ich einen Job kriegen konnte, ohne etwas dafür tun zu müssen, dann war das doch das Beste, was mir passieren konnte.

„Na fein“, lenkte Angelo schließlich ein. „Aber dann stellst du sie ihm vor.“

Er sah Jared an, und dieser riss überrascht die Augen auf. „Ich? Warum ich denn?“

„Weil es deine Idee war, verdammt nochmal.“

Jared schien einen Moment lang nachzudenken. „In Ordnung“, sagte er dann. „Aber dafür hab ich was bei dir gut.“

5. Kapitel

Die Shoppingtour war für mich hauptsächlich ermüdend. Wenn man selber kein Geld besaß und auf die Almosen von anderen angewiesen war, förderte das nicht gerade die Kauflust. Vor allem nicht, wenn man mit einem als Frau verkleideten Mann unterwegs war, der diese Abneigung gegen das Einkaufen partout nicht verstehen wollte.

„Schau dir diese doch mal an“, forderte Angelo mich auf und hielt ein Paar High Heels mit Leopardenmuster in die Höhe, um die mich jede Tabledancerin beneidet hätte.

Angelo trug heute eine schwarze Perücke und hatte sich die Lippen knallrot angemalt. Auch der Rest seines Gesichts war geschminkt und ich fragte mich wirklich, woher er die Muße dafür nahm.

„Nicht mein Ding“, sagte ich. „Da denkt doch jeder, ich hätte Simba auf dem Gewissen.“

„Simba ist ein Löwe. Kein Leopard“, verbesserte Angelo, stellte die Schuhe aber brav wieder hin. „Wie wäre es dann mit diesen Sandalen?“

Er zeigte mir ein Paar Glitzerschuhe mit fast ebenso hohem Absatz und ich schüttelte wieder den Kopf.

„Ich brauche Schuhe, auf denen ich auch laufen kann und keine, die einfach nur schön aussehen.“

„Alles eine Frage der Übung, Schätzchen.“ Er deutete auf seine eigenen High Heels und zwinkerte mir zu.

„Es tut mir leid, Angelo. Aber ich glaube nicht, dass ich hier was finde. Lass uns doch einfach mal in eine Abteilung mit normalen Schuhen gehen, ja?“

„Aber das hier sind normale Schuhe.“

Ich verdrehte die Augen. „Für dich vielleicht. Für mich sind das Stolperfallen. Nix weiter.“

„Also gut. Dann versuchen wir es mal da vorne.“

Ich gehorchte ihm und mit viel Überredung schaffte es Angelo schließlich, mir zwei Paar Sandalen mit geringem Absatz aufzuquatschen. Völlig erschöpft ließ er sich danach auf einen Stuhl fallen und sah mich an.

„Du machst mich fertig, Mary. Nichts, was ich dir zeige, gefällt dir. Ich mache dir einen Vorschlag: Du kaufst dir jetzt noch irgendetwas aus diesem Laden, das du wirklich magst, und ich schenke es dir. Dann brauchst du auch nicht so auf den Preis zu achten. Es kann schließlich nicht sein, dass du ganz unzufrieden nach Hause gehst.“

„Meinst du das ernst?“, fragte ich. „Egal was?“

Er nickte. „Bedien dich, Süße. Hauptsache, es ziert am Ende deine Füße.“

Ich grinste und spazierte dann zu einem Regal, das mir vorhin schon aufgefallen war. Ich sollte nehmen, was mir gefiel? Das konnte er haben.

***

„Ich kann nicht fassen, dass du dir Inliner gekauft hast. Ich meine … Mal ehrlich. Inliner?“

Angelo bekam sich gar nicht wieder ein und

schüttelte unentwegt den Kopf. Doch ich beachtete seinen Vorwurf gar nicht, sondern zog mir die Schuhe aus und legte meine Einkäufe auf das schicke Sofa. Ich war froh, dass ich die Tortur hinter mir hatte.

„Du hast gesagt, ich kann mir nehmen, was ich will", erinnerte ich ihn. „Ich habe dich nur beim Wort genommen."

Erneut schüttelte Angelo den Kopf. „Ich wollte, dass du was Hübsches zum Anziehen hast."

„Ja. Und jetzt habe ich Schuhe, die mir noch dazu helfen, mich fortzubewegen. Ist doch wunderbar."

Angelo schlüpfte aus seinen High Heels und ich grinste, als er seinen eigenen Karton mit Inlinern und Knieschonern auspackte.

„Du hättest dir wirklich nicht mir zuliebe welche kaufen müssen", versicherte ich ihm.

„Na hör mal. Irgendjemand muss doch aufpassen, dass du dich mit den Dingern nicht umbringst."

„Kannst du denn Inliner fahren?"

Angelo versteifte sich. „Nein. Du etwa?"

Ich lachte. „Natürlich. Sonst wäre ich doch nie auf die Idee gekommen, mir welche zu besorgen."

„Oh. Tja dann …" Er sah die roten Inliner nachdenklich an. „Dann bringe ich die am besten wieder zurück."

„Unsinn. Ich kann dir zeigen, wie es geht. Nicht unbedingt vor deinem Urlaub. Nicht, dass du dir noch ein Bein brichst und ihn nicht genießen kannst. Aber danach bringe ich es dir gerne bei."

Angelo ließ die Inliner liegen, kam zu mir und schloss mich in die Arme. „Ich freue mich wirklich, dass du hier bist, Mary. Wenn ich das vorher gewusst hätte, dann hätte ich nie diesen Urlaub gebucht. Ich …"

„Das ist schon okay, Angelo. Wirklich. Ich werde schon klarkommen."

„Versprochen?"

Ich nickte. „Versprochen", sagte ich ernst und wusste, dass dieses Versprechen nicht nur ihm galt, sondern genauso sehr mir.

***

In dieser Nacht wachte Angelo nicht auf, als ich aus einem meiner Albträume hochschreckte. Trotzdem legte er ganz selbstverständlich einen Arm um mich, als ich mich an ihn kuschelte, und half mir so dabei weiterzuschlafen. Sein Geruch und seine Nähe beruhigten mich und ich mochte noch gar nicht daran denken, wie es werden sollte, wenn er nicht mehr bei mir war.

Den Tag verbrachte ich damit, mir von Angelo die Stadt zeigen zu lassen. Er führte mich herum, zeigte mir, wo ich am besten einkaufen gehen konnte und wo sein liebstes chinesisches Restaurant war. Er brachte mich zur Promenade, auf der man hervorragend Inliner fahren konnte, und zeigte mir das Versace Haus und den Lummus Park. Es war wirklich schön. Punkt 16 Uhr waren wir dann wieder im Diamond Club. Angelo, weil er zum Training musste, und ich, weil Jared mir einen Termin bei Mr. D besorgt hatte.

„Und? Bist du bereit?“, fragte Jared und schnipste seine Zigarette zur Seite, als wir beim Diamond Club ankamen. Auch er wirkte ein bisschen nervös und ich fragte mich, wie Mr. D es wohl schaffte, selbst jemanden wie Jared unter Kontrolle zu halten. Ob dieser riesige Wikinger aus der Truppe wohl auch vor dem Chef kuschte?

„Eigentlich nicht“, gab ich zu. „Aber mehr als Nein sagen kann er ja nicht.“

Jared nickte und sah dann zu Angelo.

„Und du? Willst du wirklich nicht mit rein kommen?“

„Nein. Macht ihr das mal unter euch aus. Ich halte das für keine gute Idee und will mir später keine Vorwürfe anhören müssen.“

„Also gut.“ Jared atmete tief durch. „Dann begeben wir uns mal in die Höhle des Löwen.“

Jared führte mich durch eine Tür mit der Aufschrift „Staff only“ und kurze Zeit später standen wir vor einem Büro.

„Tu dir selbst einen Gefallen und mach ihn nicht wütend“, sagt Jared.

„Was? Aber …“

Doch bevor ich eine Frage formulieren konnte, hatte Jared schon geklopft und wir wurden mit einem schroffen „Ja?!“ dazu aufgefordert einzutreten.

Ich schluckte und folgte Jared ins Innere. Das Büro war mit alten, teuren Möbeln ausgestattet und sehr ordentlich. Hinter dem gigantischen Schreibtisch saß der Chef, den ich vor zwei Tagen schon gesehen hatte. Er hatte dunkles Haar, markante Gesichtszüge und strömte eine Autorität aus, die mir das Gefühl gab, noch kleiner zu sein, als ich ohnehin schon war.

„Jared", sagte der Mann und lehnte sich in seinem Drehstuhl zurück. „Was verschafft mir die Ehre?"

Jared grinste und ergriff dann meine Hand, um mich vor sich zu ziehen.

„Ich wollte dir gerne jemanden vorstellen. Diese Lady wollte unbedingt zu dir. Wie machst du das nur immer?"

„Das liegt an meinem unnachahmlichen Charme", sagte Mr D trocken und musterte mich von oben bis unten. „Du bist Angelos Cousine, nicht wahr?"

Als ich nickte, stand er auf und trat auf mich zu. Er zwar nicht so groß wie Jared, aber trotzdem so groß, dass ich den Kopf in den Nacken legen musste, um ihm in die Augen zu sehen und seine autoritäre Präsenz überwältigte mich einen Moment.

„Hallo", sagte ich schließlich und riss mich zusammen. „Ich bin Mary Cooper."

Mr. D nahm meine Hand und schüttelte sie kräftig. „Donegal", sagte er und sah dann auf seine Uhr. „Du hast genau fünf Minuten. Also?"

Ich schluckte. „Naja", begann ich zögerlich. „Ich suche einen Job und …"

„Als Stripperin oder Kellnerin?"

Mit großen Augen sah ich ihn an. „Beschäftigen Sie denn auch weibliche Stripper?"

„Nein. Aber es gibt immer wieder Mädels, die sich da vertun und bei mir anfragen."

Ich lachte nervös. „Ich habe die Jungs vorgestern auf der Bühne gesehen. Da gibt es wohl kaum Platz für Missverständnisse."

Mr. D betrachtete mich nachdenklich. „Du möchtest also Kellnerin werden, ja?"

Ich bestätigte seine Frage mit einem Nicken.

„Norah könnte tatsächlich Unterstützung brauchen. Sie heult mir deswegen ständig die Ohren voll. Aber bist du sicher, dass du das schaffst, Mädchen? Du siehst so aus, als könntest du nicht mal drei Gläser Bier tragen, mit deinen dürren Armen."

„Ich habe jahrelang gekellnert. Wenn man es schafft, heiße Pizza zu servieren, während die Finals beim Football laufen, kann man auch einer Horde kreischender Girls Champagner auf den Tisch stellen."

„Nimmst du irgendwelche Drogen?"

Mein Kopf zuckte nach oben und meine Augen weiteten sich. Unwillkürlich versteckte ich meine Arme hinter dem Rücken. „Nein, ich ...", begann ich.

Doch Mr. D, dem diese Geste nicht entgangen war, ergriff meinen Arm und zog ihn wieder hervor. Er drehte ihn um und entblößte meine Armbeuge. Als die zerstochene Vene zum Vorschein kam, schüttelte er angewidert den Kopf und ließ mich los.

„Lüg mich nie wieder an, Kleine. Lügner kann ich hier nicht brauchen."

„Aber ich bin clean", beeilte ich mich zu sagen. „Wirklich. Ich war drei Monate in einer Entzugsklinik und habe seither nicht wieder gespritzt."

„Ach ja?" Skeptisch zog er die Augenbrauen nach

oben und schüttelte dann den Kopf. „Drogen haben im Diamond Club nichts zu suchen. Das Risiko ist mir zu groß."

Mein Mut sank. „Aber ich werde nicht …"

„Ich übernehme die Verantwortung für sie", sagte Jared in diesem Moment und wir sahen ihn beide erstaunt an.

„Du!?", fragte Mr. D.

Jared verschränkte die Arme vor der Brust und sah seinen Chef herausfordernd an. „Damals habe ich auch die Verantwortung für Angelo übernommen und ich bezweifle sehr, dass du bereuen musstest, ihn mit im Boot zu haben, Boss."

Mr. D rieb sich über sein kantiges Kinn, wobei mir auffiel, dass er dort eine kleine Narbe hatte. „Also gut", sagte er dann. „Ich lasse es auf einen Versuch ankommen. Aber wehe euch, wenn das schief geht. Erscheint die Kleine einmal zugedröhnt zur Arbeit, fliegt ihr beide hochkant raus."

Jareds Kinnlade klappte herunter und ich spürte, wie mir selbst die Luft wegblieb.

„Aber … Das können Sie doch nicht machen", protestierte ich.

„Hast du etwa vor, wieder was zu nehmen?"

„Natürlich nicht, aber …"

„Dann verstehe ich nicht, wo das Problem liegt. Du kannst nächsten Mittwoch anfangen. Sei pünktlich um 18 Uhr da. Dann wird Norah dir alles zeigen. Wenn du Fragen hast, wende dich an Jared. Er ist jetzt für dich \`verantwortlich´. Eure fünf Minuten sind um. Ihr wisst, wo es hinausgeht."

Ich erwartete, dass Jared noch etwas sagen würde, vielleicht protestieren … aber das tat er nicht. Stattdessen nahm er meine Hand und zog mich nach draußen. Das Gespräch war ganz offensichtlich beendet.

***

„Jared“, rief ich und hatte Mühe, hinter ihm herzukommen. „Jetzt warte doch mal.“

Sobald wir aus dem Büro heraus waren, hatte er mich losgelassen und schlug einen Weg ein, der offensichtlich in den Hinterhof führte, denn an der Tür hielt er an und drehte sich herum.

„Was?“, fragte er schroff.

„Ich … ich wollte mich bei dir bedanken, weil du Partei für mich ergriffen hast“, sagte ich und versuchte abzuschätzen, ob er mir die Schuld an der ganzen Misere gab. Das wäre wirklich nicht fair. Immerhin war die Sache seine Idee gewesen.

Jared trat nach draußen, lehnte sich an eine Wand und zündete sich eine Zigarette an. „Du weißt schon, dass ich für dich meinen Job aufs Spiel setze?“

„Aber … er würde dich doch nicht wirklich wegen mir feuern, oder?“

So etwas konnte ich mir einfach nicht vorstellen. Jared war ein guter Tänzer. Ihn nur wegen mir zu feuern erschien mir vollkommen übertrieben.

Jared schnaubte. „Glaubst du, er hätte das einfach nur so daher gesagt? Man merkt, dass du Mr. D. nicht kennst. Er sagt nie etwas einfach so.“

Ich strich mir nervös die Haare aus dem Gesicht.

„Das wird aber nicht passieren", sagte ich. „Ich bin wirklich gut als Bedienung und ich werde keinen Mist bauen. So etwas kann ich mir gar nicht erlauben."

„Das will ich dir auch geraten haben."

Jared zog eine Zigarette hervor und steckte sie an. Tief inhalierte er den Rauch und stieß ihn dann wieder aus.

„Du rauchst ziemlich viel", stellte ich fest. „Dir ist schon klar, dass das gesundheitsschädlich ist, oder?"

Jared runzelte die Stirn. „Das sagt die Frau mit den Einstichen am Arm."

Ich zuckte zusammen. Auch wenn ich kein Anrecht darauf hatte, freundlich von Jared behandelt zu werden, kränkte mich seine Ablehnung.

„Du kannst ein ziemliches Arschloch sein, weißt du das?", sagte ich aufgebracht.

Jared zuckte mit den Schultern. „Du hast einen Job. War es nicht das, was du wolltest?"

„Ja schon, aber …"

„Aber was?"

„Ich verstehe einfach nicht, warum du mir hilfst, wenn ich dir so offenkundig lästig bin."

Jared nahm noch einen Zug von seiner Zigarette und sah mich dann an.

„Ganz ehrlich? Ich wollte Norah einen Gefallen tun. Sie brauchte dringend Unterstützung und da du sowieso einen Job gesucht hast …"

Aha. Daher wehte der Wind also. Er hatte mich nur benutzt, um Norah näher zu kommen. Nun. Das brauchte mich eigentlich nicht zu kümmern. Falls er es durch mich schaffte, sie endlich ins Bett zu bekommen, dann verbesserte sich hoffentlich mal seine Laune.

„Wollte Angelo deshalb nicht, dass ich hier anfange?", fragte ich. „Damit du mich nicht in deine Spielchen mit reinziehst."

„Keine Ahnung. Kann sein. Vielleicht macht er sich auch nur Sorgen, dass du bei der Arbeit zusammenklappst. Denn eins solltest du wissen: Das Kellnern hier ist kein Zuckerschlecken."

Automatisch musste ich an die Nummer von Troy denken, bei der er in der letzten Show eine Frau dazu gebracht hatte, ihm unter tosendem Applaus Sahne von der Brust zu lecken.

„Zuckerschlecken vielleicht nicht", sagte ich daher amüsiert. „Aber keine Sorge. Falls ich als Bedienung nicht tauge, könnt ihr mich ja immer noch als Assistentin einsetzen. Ich hätte bestimmt keine Probleme damit, Dr. Feelgood mit Sahne einzusprühen."

„Ach wirklich?", fragte Jared. „Ich bezweifle, dass du diesen Aufgaben gewachsen wärst. Als Assistentin müsstest du nämlich ab und zu auch meine Schlange mit Öl einreiben. Meinst du, das hättest du drauf?"

Mein Kopfkino sprang an und ich spürte sofort, wie die Hitze mir in den Kopf stieg. „Ich … Äh …", stotterte ich.

„Hatte ich auch nicht erwartet", sagte Jared und nahm einen weiteren Zug von seiner Zigarette.

Ich schluckte und machte dann, dass ich so schnell

wie möglich zurück ins Innere des Clubs kam. Irgendwie hatte ich die Vermutung, dass die Zeit, die ich mit Jared alleine verbringen musste, noch ganz schön lang werden würde.

6. Kapitel

Angelo verbrachte so viel Zeit wie möglich mit mir. Ich fragte mich, ob er extra mit Mr. D verhandelt hatte, um mehr frei zu bekommen, oder ob er sowieso noch freie Tage übrig hatte. Ich hatte zwar ein schlechtes Gewissen, weil er sein Training für mich vernachlässigte, aber ich würde mich bestimmt nicht darüber beschweren. Viel zu angenehm war mir seine Gesellschaft und ich würde ihn in seinem Urlaub schrecklich vermissen.

Angelo und ich waren so viel unterwegs, dass ich Jared kaum noch zu Gesicht bekam. Wir gingen einkaufen, spazieren, ins Kino, schwammen im Meer und zogen abends durch die zahlreichen Bars am Ocean Drive. Angelo kannte unheimlich viele Leute und war überall gern gesehen. Egal, ob er als Mann oder als Frau auftrat. Alle schienen ihn zu lieben und jeder war freundlich zu ihm.

Der Tag seiner Abreise kam viel zu schnell und am Flughafen hätte ich ihn am liebsten gar nicht mehr losgelassen.

„Es tut mir so leid, dass ich dich hier allein lassen muss", sagte Angelo und ließ zu, dass ich ihn ein drittes Mal umarmte. „Aber zwei Wochen vergehen schnell. Keine Sorge. Du wirst schon sehen. Im Handumdrehen bin ich zurück."

„Könnt ihr euch ein bisschen beeilen?", fragte Herbert und tippte ungeduldig mit einem seiner Lederschuhe auf den Boden.

Ich warf ihm einen bösen Blick zu und ließ Angelo widerwillig los. Herbert war mir vom ersten Moment an unsympathisch gewesen. Er hatte sich verspätet und so blieb keine Zeit, sich großartig miteinander vertraut zu machen. Trotzdem hatte ich feststellen können, dass er anders war, als ich ihn mir vorgestellt hatte. Er war nicht fröhlich und lebenslustig wie Angelo, sondern ernst und hektisch. Er hatte meine Hand geschüttelt, als wäre sie ein toter Fisch, und mir dabei kaum in die Augen gesehen.

„Pass auf dich auf", bat Angelo mich und schaute dann zu Jared hinüber.

Der hob die Hand wie zum Schwur. „Ja, ich werde auf dein Cousinchen achten. Versprochen. So langsam entwickelst du dich echt zur Glucke."

„Danke dir." Angelo beugte sich vor und drückte seinem Kumpel einen Kuss auf die Wange.

„Das reicht jetzt aber", fuhr Herbert dazwischen. „Ihr könnt euch in zwei Wochen wieder abknutschen. Komm, Angelo. Sonst verpassen wir noch den Flug."

Ich sah, wie Jareds Kiefer mahlten, und fragte mich, ob er eifersüchtig war oder es ihn einfach nur wütend machte, dass sein Kumpel so bevormundet wurde. Jared einzuschätzen fiel mir immer noch schwer und ich fürchtete mich ein wenig vor den kommenden Wochen, in denen ich jeden Tag mit ihm zu tun haben würde.

„Macht's gut, ihr zwei. Streitet euch nicht so viel", rief Angelo und winkte im Gehen, bevor er durch die Sicherheitskontrolle verschwand.

Ich blinzelte und fühlte mich furchtbar verloren, weil er mich einfach so zurückließ. Zwei Wochen. Wie sollte ich denn zwei Wochen ohne ihn überstehen?

„Hey. Alles in Ordnung?", fragte Jared in ungewohnt fürsorglichem Ton. „Er kommt doch bald wieder."

„Ich weiß", gab ich zu und wischte schnell ein paar Tränen weg. „Aber … In zwei Wochen kann viel passieren."

Jared sah mich an und ich staunte wie immer darüber, dass seine Augen durch den Lidstrich so leuchteten. Es war faszinierend, dass er nicht unmännlich dadurch wirkte. Im Gegenteil. Es stand ihm unglaublich gut und gab ihm einen Touch des Geheimnisvollen.

„Ich habe Angelo versprochen, auf dich aufzupassen", sagte Jared. „Heute muss ich leider noch arbeiten, aber morgen hätte ich Zeit. Wie wäre es, wenn ich dich am Abend zum Essen ausführe?"

Dieses Angebot überraschte mich. Ich konnte mir zwar denken, dass er das nur Angelo zuliebe tat, aber ich hatte nicht erwartet, dass er sein Versprechen meinem Cousin gegenüber so ernst nehmen würde.

„Hast du morgen denn keinen Dienst?", fragte ich.

Er schüttelte den Kopf. „Dafür muss ich ja am Wochenende arbeiten."

„Und was schwebt dir vor?"

Er grinste. „Ich führe dich richtig schick aus. Aber dafür musst du dich ein bisschen in Schale werfen."

***

In dieser ersten Nacht ohne Angelo schlief ich so schlecht wie schon seit meiner Ankunft in Miami nicht mehr. Ich träumte davon, wie ich im Krankenhaus gelandet war, weil ich eine Überdosis genommen hatte. Ich spürte den Schwindel, die Übelkeit und die schreckliche Gewissheit, dass ich dieses Mal zu weit gegangen war. Erinnerte mich an meinen immer langsamer werdenden Herzschlag, an die Panik, die mich befallen hatte, weil ich genau wusste, was das bedeutete: Ich würde es diesmal nicht überleben, und das Einzige, was mich getröstet hatte, war die Hoffnung, dass es wenigstens ein schmerzloser Tod sein würde.

Als ich mit Tränen in den Augen erwachte, war es noch dunkel und mein Herz klopfte wie verrückt. Ich schwitzte am ganzen Körper und fühlte mich rastlos. Ich brauchte einen Halt. Einen Anker … Mein Blick huschte zum Kleiderschrank, aber dann ärgerte ich mich über mich selbst.

„Das wirst du nicht tun", sagte ich entschlossen zu mir selbst. „So schwach bist du nicht. Du wirst das schaffen, verstanden?"

Ich stand auf, zog mich an und beschloss, einen Spaziergang zu machen. Wäre doch gelacht, wenn ich es nicht alleine schaffen würde, mit meinen Problemen klarzukommen.

***

Als ich nach zwei Stunden von meinem Spaziergang zurückkam, hatte Jared sein Morgenprogramm bereits hinter sich gebracht und es gelang mir beim Frühstück, meine Unsicherheit zu verbergen.

Trotzdem war ich froh, als Jared ins Studio musste, und ich verbrachte den halben Tag damit, vor Angelos riesigem Spiegel zu stehen und verschiedene Outfits anzuprobieren. Angelo hatte seine Drohung wahr gemacht und einige seiner Kleider für mich enger genäht. Da er einiges größer war als ich, waren es bei mir keine Minikleider, sondern sie reichten mir bis übers Knie. Trotzdem musste ich zugeben, dass das beige Sommerkleidchen mit den aufgestickten Blumen ganz süß an mir aussah. Dazu die Sandalen mit dem kleinen Absatz, ein bisschen Make-up und schon sah ich aus wie ein richtiges Mädchen.

Einen Moment spielte ich mit dem Gedanken, mir einen von Angelos Wonderbras auszuleihen und so zu tun, als hätte ich mehr Oberweite. Aber ich verwarf diese Idee schnell wieder. Jared hatte ohnehin klargestellt, dass er nichts von mir wollte. Warum also übertreiben? Er wusste ja, dass bei mir nicht viel zu sehen war.

Als ich aus dem Zimmer kam, stellte ich fest, dass auch Jared sich schick gemacht hatte. Er trug eine schwarze Jeans und ein langärmliges blaues Hemd, das perfekt zu seinen Augen passte und seine Tattoos verdeckte. Als er mich sah, hob er überrascht die Augenbrauen.

„Nicht schlecht“, sagte er anerkennend. „Wenn du willst, kannst du ja richtig hübsch sein.“

Ich spürte, wie ich errötete, und wusste nicht recht, ob ich mich ärgern oder mich freuen sollte. Am Ende beschloss ich, es als Kompliment zu nehmen.

„Du auch", bemerkte ich und betrachtete ihn von oben bis unten. „Wo bringst du mich denn jetzt hin?"

„Lass dich überraschen."

***

Jared führte mich in ein sehr schickes Restaurant namens *Blue Roses*. Ich vermutete, dass er einen Besuch hier schon länger geplant hatte, weil ich mir nicht vorstellen konnte, wie er sonst einen Platz bekommen hatte. Bei solchen Restaurants gab es bestimmt eine lange Warteliste.

Als ich die Preise sah, musste ich schlucken.

„Äh. Jared. Ich will ja nicht unhöflich sein, aber warum führst du mich in so ein teures Restaurant und wie um Himmels willen kannst du dir das leisten?"

Seine Augen funkelten. „Ich stecke voller Geheimnisse, Kleines. Ich dachte, das wäre dir inzwischen aufgefallen. Aber es stimmt. Der Laden hier ist sehr exklusiv und unschlagbar gut. Angel war schon ein paarmal hier … mit Herbert."

Er betonte Herberts Namen besonders abfällig und ich horchte auf. „Du magst Angelos Freund nicht besonders, hab ich recht?"

Jared schnaubte. „Du merkst aber auch alles."

Ich ging auf den ironischen Kommentar nicht ein, sondern versuchte beim Thema zu bleiben.

„Wieso nicht?“

„Ist das eine ernst gemeinte Frage?“

Ich zögerte. „Nein. Eigentlich nicht“, gab ich zu. „Du hast ja recht. Ich finde auch, dass die zwei ein schreckliches Paar sind. Dabei habe ich Herbert gerade mal fünf Minuten lang erlebt.“

Jared lächelte zufrieden. „Schön, dass wir ausnahmsweise mal einer Meinung sind.“

Der Kellner, ein junger Mann mit blondem Haar und strenger Miene, kam an unseren Tisch und wir bestellten. Ich nahm einen süßen Wein und die Empfehlung des Hauses. Es war irgendetwas mit einem französischen Namen, den ich noch nie gehört hatte. Jared entschied sich für ein Steak mit Kartoffeln, Salat und Rotwein.

„Richten Sie doch dem Chefkoch bitte schöne Grüße von Jared Jafferson aus“, bat er. „Alain weiß, wie ich mein Steak mag.“

Der Kellner nickte und verschwand dann wieder.

„Was war das denn jetzt?“

„Ein Insider. Alain ist ein alter Freund von mir. Ich habe ihn kennengelernt, als er noch in einem anderen Laden gearbeitet hat. Ist eine lange Geschichte.“

„Tja. Zufällig habe ich heute nichts anderes mehr vor.“

Jared sah mich an, als könne er sich das gut vorstellen. „Also gut. Ich hatte einen schlechten Tag und habe mein Steak dreimal zurückgehen lassen, weil es mir nicht blutig genug war. Irgendwann kam Alain dann heraus, knallte mir ein rohes Steak auf den Teller und fragte mich, ob das jetzt blutig genug wäre.“

Ich musste lachen. „Ernsthaft? Ist er gefeuert worden?"

„Nein. Aber es war verdammt knapp." Er grinste. „Als Alain mit den blutigen Steak so vor mir stand, habe ich einen richtigen Lachflash bekommen, der glücklicherweise ansteckend war. Seit dem Tag war ich Stammkunde bei Alain. Dadurch, dass er zu diesem Nobelschuppen gewechselt hat, sehe ich ihn leider nicht mehr so oft."

Die Getränke wurden gebracht und Jared hob sein Glas.

„Darauf, dass Angelo so bald wie möglich zurück nach Hause kommt und dass Herbert unterwegs über Bord geht. Wobei ich dann wahrscheinlich Mitleid mit den Fischen hätte. Viel zu zähes Fleisch."

Ich biss mir auf die Unterlippe, um ein Lachen zu unterdrücken. „Auf Angelo", stimmte ich zu, hob mein Glas und nippte dann an meinem Wein. Er schmeckte süßlich, genau wie ich ihn am liebsten mochte.

„Du hast mir beim Zuprosten nicht in die Augen gesehen", stellte Jared fest. „Du weißt schon, was das bedeutet, oder?"

Verwirrt schüttelte ich den Kopf.

„Sieben Jahre schlechten Sex."

Ich stellte das Glas ab und verzog den Mund. „Glaub mir. Das hat mit dem Augenkontakt beim Zuprosten rein gar nichts zu tun."

Interessiert musterte er mich und ich konnte erkennen, dass ihm eine unverschämte Frage bereits auf der Zunge lag. Doch bevor er sie stellen konnte, stürmte plötzlich ein junger Mann mit Kochschürze an mir vorbei und fiel Jared um den Hals.

„Schared Schafferson“, sagte er mit starkem französischem Akzent. „Quelle surprise! Wie schön, dass du disch zu uns verirrst.“

Was mir als erstes an ihm auffiel, war, dass er schön war. Nicht auf eine herbe, männliche Art wie Jared, sondern eher auf eine feminine Art und Weise. Alles an ihm schien perfekt zu sein. Seine Gesichtszüge waren fein und absolut symmetrisch, mit einer geraden Nase und sinnlichen Lippen, die viel zu voll für einen Mann zu sein schienen und dazu einluden, ihn leidenschaftlich zu küssen. Er hatte kaum Bartwuchs und sein Körper war fast so feingliedrig wie mein eigener. Im Gegensatz zu Angelo, wäre dieser Mann als Male Model absolut ungeeignet gewesen.

Jared erwiderte die Umarmung des Mannes voller Herzlichkeit und klopfte ihm dann auf den Rücken.

„Ab und zu muss ich dich doch mal besuchen“, sagte er und deutete dann auf mich. „Darf ich dir meine Begleitung vorstellen? Mary Cooper.“

Ich reichte ihm die Hand und errötete leicht, als Alain sich herunterbeugte, um sie zu küssen. „Enchanté, Mademoiselle“, sagte er und sah mich auf eine Art und Weise an, die mein Herz zum Hüpfen brachte. Dieser Mann war einfach zum Niederknien.

„Wie isch sehe, schpielst du immer noch in beiden Teams, mon ami“, sagte Alain zu Jared.

Dieser lächelte. „Jedem das Seine, Alain. Nicht jeder hat das Glück, genau zu wissen, was er will.“

Alain nickte und sah mich an.

„Diesem Mann 'ier verdanke isch alles", erklärte er. „Er hat misch bekehrt und misch dazu gebracht, mir einzugestehen, dass isch nischt für die Frauenwelt geschaffen bin. Ohne ihn wäre ich wohl immer noch unglücklisch ver'eiratet und jetzt nischt mit Jean-Luc liiert."

Ich nickte, obwohl ich überhaupt nichts verstand. Was zur Hölle wollte er mir damit sagen?

„Isch muss leider wieder an die Arbeit, mon cher", sagte Alain. „Aber du bekommst dein Steak so blutig wie möglisch. Versprochen."

Mit diesen Worten ließ er uns allein und ich war verwirrter als je zuvor.

„Äh … Hat er gerade wirklich gesagt, du hättest ihn entjungfert?"

Jared grinste in sein Glas. „Naja. Wenn man es beim Namen nennen will, dann schon", gestand er ein. „Warum? Hast du damit ein Problem?"

Hatte ich ein Problem damit? Eigentlich nicht. Mir vorzustellen, wie er diesen wunderschönen Mann umarmte und küsste … Wie sie sich gegenseitig berührten und … Ich schluckte. Warum um Himmels willen fand ich den Gedanken erregend und stellte mir vor, selbst an Alains Stelle zu sein? Der Wein stieg mir eindeutig schon zu Kopf. Schnell trank ich etwas Wasser und versuchte, meine Gedanken zu sortieren.

„Ich bin … überrascht", gab ich zu. „Ich dachte, du und Norah …"

„Du dachtest, ich stehe auf Frauen."

Ich nickte.

„Das tue ich auch. Aber genauso stehe ich auf Männer. Zumindest auf manche."

„Schon klar. Du stehst auf hübsche Männer. Auf solche wie Alain."

Jared schüttelte den Kopf. „Du redest hier von Äußerlichkeiten", stellte er fest. „Darum geht es mir bei der Wahl meiner Sexualpartner nicht. Alain ist hübsch. Das stimmt, aber das ist nicht der Grund, warum ich damals alles daran gesetzt habe, ihn rumzukriegen."

„Nicht?" Ok, ich gab es auf. Wie von alleine griff ich wieder nach meinem Weinglas und nahm noch einen Schluck. Dieses Gespräch würde ich ohne Alkohol auf keinen Fall überstehen.

„Ich wähle nicht nach Attraktivität aus, sondern nach Herausforderung. Alain war der festen Überzeugung, hetero zu sein, als ich ihn kennenlernte. Er war sogar mit einer Frau verheiratet. Aber ich wusste einfach, dass ich ihn knacken kann."

Da war sie wieder. Die Überheblichkeit, die ich so gar nicht an ihm leiden konnte. Außerdem kam noch etwas anderes hinzu. Eifersucht. Ich war tatsächlich eifersüchtig auf Alain, weil der es so problemlos geschafft hatte, Jareds Aufmerksamkeit zu wecken, während ich ihm völlig egal zu sein schien. Wie kam ich überhaupt dazu? Hatte ich nicht beschlossen, dass mich Jareds Gleichgültigkeit völlig kalt ließ? Aber offensichtlich war dieser Vorsatz schwieriger einzuhalten, als erwartet.

Als der Kellner das Essen brachte, stürzte ich mich mit Freuden auf etwas, das sich als Gnocci mit Gemüse und Hühnerfilet herausstellte. Es war sehr lecker, aber ich schaffte es trotzdem nicht, das Thema einfach fallen zu lassen.

„Ich verstehe das immer noch nicht ganz", gab ich zu. „Du schläfst also mit Männern, *und* mit Frauen?", hakte ich nach, und hoffte, dass es nicht allzu naiv klang. Natürlich wusste ich, dass es bisexuelle Menschen gab. Ich war nur bisher noch niemandem begegnet, der so offen dazu stand.

„Natürlich", bestätigte Jared. „Ich schlafe sogar noch lieber mit Frauen als mit Männern. Der weibliche Körper ist um ein Vielfaches schöner als der männliche und birgt für mich mehr Geheimnisse. Einen männlichen Körper habe ich immerhin selber." Er sah mich provokativ an und ich hätte am liebsten die Augen verdreht. „Aber ich unterscheide da nicht groß nach Geschlecht. Man weiß ja nie, was sich so ergibt."

„Und du willst mir ernsthaft weismachen, dass dir Äußerlichkeiten völlig egal sind?"

Jared zuckte mit den Schultern.

„Also jetzt mal ehrlich. Nehmen wir mal an ..." Ich sah mich um. An einem Tisch in einer Nische saß eine Frau, die so dick war, dass sie alleine eine Bank besetzte, die eigentlich für zwei Personen ausgelegt war. Außerdem schwitzte sie wie verrückt und hatte verklebte, fettige Haare. „Sagen wir mal, die Frau da hinten. Würdest du versuchen bei ihr zu landen?"

Jared folgte meinem Blick und schien ernsthaft darüber nachdenken zu müssen.

„Ich müsste mich zuerst mit ihr unterhalten, um das einschätzen zu können", gab er zu. „Ich merke es schnell, wenn jemand eigentlich Interesse an mir hat, aber sich standhaft weigert, diesem Interesse auch nachzugeben. Je größer der Widerstand, desto besser."

„So wie bei Norah", mutmaßte ich und wunderte mich, dass mein Weinglas schon wieder leer war.

„Ganz genau", bestätigte Jared. „Was mich reizt, ist, dass Norah mich ständig zurückweist, obwohl ich genau merke, dass sie auf mich abfährt. Ich kenne mich. Sobald sie mir die Erlaubnis geben würde, wäre sie nicht mehr interessant für mich. Aber das Verbotene an der ganzen Sache und die Herausforderung, das liebe ich."

„Was ist denn an Norah verboten?"

„Weißt du das gar nicht? Sie ist Mr. Ds Patentochter. Falls ich jemals mit ihr erwischt werden sollte, fliege ich im hohen Bogen raus."

„Ach so. Stimmt. Das hat sie erzählt. Aber … ich bin doch Angelos Cousine. Bin ich für dich dann nicht auch verboten?"

Als Jared sich nachdenklich das Kinn rieb, hätte ich die Frage am liebsten zurückgenommen. Warum hatte ich das bloß gesagt? Ganz offenbar hatte der Alkohol meine Zunge gelöst und ich redete plötzlich dummes Zeug. Vielleicht war es aber auch tatsächlich so, dass es mich mehr störte, als ich zugeben wollte, dass Jared Norah interessanter fand als mich. Er fand auch Alain interessanter als mich. Verdammt.

Er fand selbst die dicke Frau mit den fettigen Haaren interessanter als mich. Das konnte doch wohl nicht angehen.

„Du hast nicht Unrecht", gab Jared zu, ohne sich an meiner Offenheit zu stören. „Vermutlich wäre Angelo wirklich nicht begeistert, wenn ich mit dir ins Bett steige. Aber ich fürchte einfach, dass du mir nicht viel entgegenzusetzen hättest."

„Wenn du dich da mal nicht irrst", murmelte ich in mein Glas und wich seinem Blick aus.

Trotzdem hatte Jared es mitbekommen und fixierte mich mit seinen blauen Augen.

„Wie meinst du das?", hakte er nach.

„Naja … Ich …" Ich seufzte. Ich wollte gerne glauben, dass es nur der Alkohol war, der mich lockerer werden ließ. Vielleicht lag es aber auch daran, dass ich endlich mit jemandem darüber reden wollte, der weder Arzt noch Nonne war. „Ich habe keinen Sex", erklärte ich frei heraus.

„Du hast keinen …" Ungläubig sah Jared mich an. „Du meinst, du bist noch Jungfrau."

„Nein, nein. Ich … ich habe es ausprobiert und es ist einfach nichts für mich."

Jared lachte abfällig. „Ich denke eher, dein damaliger Kerl war nichts für dich."

„Nein. Ich … ich habe es mit mehreren Männern ausprobiert und … es ist einfach unangenehm. Ich … Es ist teilweise was Psychisches und teilweise was Biologisches. Ich habe mich schon untersuchen lassen. Mein Frauenarzt sagt, meine Beckenbodenmuskulatur ist ungewöhnlich stark. Das führt dazu, dass ich immer Schmerzen habe, wenn … also, wenn …"

„Du hast Schmerzen beim Sex?" Jareds Augen wurden immer größer und er betrachtete mich skeptisch. „So ein Bullshit. Du hast bestimmt nur noch nicht den richtigen Kerl gehabt."

Böse funkelte ich ihn an. „Glaubst du etwa, dass ich mir das ausdenke?"

Er schüttelte den Kopf. „Nein. Aber ich denke, dass die Männer sich einfach nicht genug Mühe gegeben haben. Bei mir würde dir das bestimmt nicht passieren." Selbstgefällig nahm er noch einen Bissen von seinem Fleisch und kaute darauf herum, als würden wir uns gerade über das Wetter unterhalten.

Aufgebracht stellte ich mein Glas auf den Tisch, so dass es klirrte. „Wie kann man nur so selbstgefällig sein? Glaub mir. Das passiert unter Garantie mit jedem. Mein Freund war sehr erfahren. Zu Anfang hat er sich sehr viel Mühe gegeben. Trotzdem hatte ich jedes Mal Schmerzen. Du weißt ja nicht, wie das ist, also rede gefälligst nicht von Dingen, von denen du keine Ahnung hast."

Jared sah mich von oben bis unten an, als würde er mich plötzlich auf eine Weise wahrnehmen, wie er es bisher noch nie getan hatte. Sein Blick jagte mir einen Schauer über den Rücken und machte mich nervös. Ich hätte ihm das nicht erzählen sollen, schoss es mir durch den Kopf. Ich hatte gewusst, dass Jared ein Raubtier war, und ganz offensichtlich hatte ich nun seinen Jagdtrieb geweckt.

„Du willst mir also ernsthaft weismachen, dass es dir nicht möglich ist, Genuss beim Sex zu haben?"

Mein Mund wurde trocken und ich fühlte, wie mir heiß und kalt wurde, als Jared mich eingehend musterte. Ohne meine Antwort abzuwarten – oder seinen Blick auch nur ein einziges Mal von mir abzuwenden -, winkte er den jungen Kellner herbei.

„Wir hätten gerne die Rechnung."

„Aber … Ich habe doch noch gar nicht aufgegessen", widersprach ich.

„Hast du noch Hunger?"

„Nein, aber … ich wollte eigentlich noch Nachtisch."

Jared lächelte, als hätte ich etwas gesagt, das ihn besonders erheiterte. „Nachtisch bekommst du, Kleines", versprach er. „Aber nicht hier, sondern zuhause."

7. Kapitel

Die Taxifahrt ging schnell und Jared machte keinerlei Anstalten, mich zu bedrängen, zu berühren, oder mich anzumachen. Trotzdem hatte sich etwas verändert. Hatte er mich bisher nicht anders angesehen, als Angelo es tat, so wirkten seine Blicke jetzt verlangend, als er sie über meinen Körper gleiten ließ. Wie konnte das sein? Ich hatte mich doch in den letzten Stunden nicht plötzlich in eine vollbusige Sexbombe verwandelt. Trotzdem waren Jareds Absichten eindeutig. Er wollte mit mir schlafen. Jetzt, wo er wusste, dass ich keinen Spaß an Sex hatte, wollte er mir das Gegenteil beweisen. Das sorgte dafür, dass ich eine Mischung aus Angst und Erregung empfand, die ich selbst überhaupt nicht einordnen konnte.

Als wir aus dem Auto stiegen und Jared bezahlt hatte, war ich so nervös, dass ich zitterte. Ich fand Angelos Türschlüssel nicht und kramte so lange in meiner Handtasche herum, bis Jared mir zuvor kam und selbst aufsperrte. Als ich nicht eintrat, sah er mich an und seufzte.

„So geht das nicht", stellte er fest. „Hör mal, Kleines … Nur weil ich … Okay. Ja. Ich will mit dir schlafen. Aber doch nicht jetzt sofort."

Als er die Hand nach mir ausstreckte, machte ich unwillkürlich einen Schritt zurück und schüttelte den Kopf. „Was heißt bitte schön *Nicht jetzt sofort*", fragte ich. „Habe ich bei dieser Sache vielleicht auch noch ein Mitspracherecht?"

Jared nickte ernst. „Selbstverständlich. Auch wenn

ich bisher vielleicht nicht den Eindruck vermittelt habe, warten zu können, wir haben alle Zeit der Welt."

„Und was, wenn ich gar nicht mit dir schlafen will?" Mein Herz klopfte mir bis zum Hals und ich war so nervös, dass ich mich kaum auf den Beinen halten konnte.

„Natürlich willst du", sagte Jared. „Du hast vielleicht Angst davor, aber es ist eindeutig, dass du es willst. Du bist bloß noch nicht so weit."

Ich überlegte einen Moment, es zu leugnen. Am liebsten hätte ich Jared gesagt, dass er sich irrte und ich überhaupt kein Interesse an ihm hatte, aber das wäre gelogen. Ich fühlte mich zu ihm hingezogen wie ein Magnet. Ich wünschte mir von ihm umarmt und berührt zu werden, aber gleichzeitig fürchtete ich mich schrecklich davor. Es war schon so lange her und die Erinnerungen saßen tief. Würde ich überhaupt darüber hinwegkommen können?

„Also. Kommst du mit rein oder wollen wir hier draußen stehenbleiben, bis die Sonne aufgeht?"

Als ich erneut zögerte, atmete Jared einmal tief durch und hob die Hände.

„Können wir uns darauf einigen, dass ich dich nicht einmal anfassen werde, solange du mir nicht die Erlaubnis dazu gegeben hast?", fragte er. „Vielleicht geht es dir dann besser."

„Versprochen?"

Er nickte. „Hoch und heilig."

„Also gut." Ich trat ein und wäre am liebsten sofort in mein Zimmer geflüchtet. Aber Jared dirigierte mich zum Sofa und machte mit einer Fernbedienung ruhige Musik an. Dann setzte er sich in einigem Abstand neben mich und lehnte sich mit geschlossenen Augen zurück. Es dauerte ein paar Minuten, bis ich es auch schaffte mich einigermaßen zu entspannen und mich ebenfalls zurücklehnte. Ich lauschte der Klaviermusik und versuchte zu erkennen, worum es sich dabei handelte.

„Ist das etwa Beethoven?", fragte ich.

Jared nickte mit geschlossenen Augen. „Ich mag Klassiker. Beethoven und Mozart haben wunderbare Musik komponiert."

„Das stimmt. Ich hätte nur vermutet, dass du eher auf Rock stehst."

Jared öffnete die Augen. „Man sollte nie glauben, dass man jemanden kennt", sagte er. „Das ist mir heute wieder klargeworden. Ich habe dich falsch eingeschätzt und das tut mir leid. Willst du vielleicht darüber reden?"

Die Frage kam unerwartet und ich wich erst einmal davor zurück. „Was meinst du?"

„Du weißt, was ich meine. Da muss doch noch etwas gewesen sein. Sonst würdest du nicht so schreckhaft auf Nähe reagieren."

Ich seufzte und sah zur Decke. Natürlich wusste ich, was er meinte. Die Frage war nur: Wollte ich ihm davon erzählen?

„Bitte", fügte Jared hinzu und ich gab mich geschlagen.

„Das lag an meinem ersten Freund: Richard. Er war neunzehn und ich sechzehn, als wir uns kennenlernten. Es war kurz nach dem Tod meiner Mutter. Mein Dad und ich waren gerade von Miami nach Atlanta gezogen, weil wir uns das Haus nicht mehr leisten konnten und er dort einen neuen Job bekommen hatte. Ich kannte niemanden in Atlanta und hatte auch große Probleme, jemanden kennenzulernen. Und Richard … Er war nett zu mir und er hat sich um mich gekümmert. Er war viel erfahrener als ich. Anfangs war er noch sehr vorsichtig und zärtlich, und ich habe mich trotz der Schmerzen darauf eingelassen. Mit der Zeit wurde es besser, vor allem wenn … Also wenn ich vorher etwas genommen hatte."

„Dieser Kerl hat dir Drogen gegeben?"

„Nichts Hartes. Zumindest im Anfang nicht. Er … er dachte, dass ich mich dann besser entspanne und dass es weniger wehtut."

„Hat es funktioniert?"

„Über lange Zeit schon. Aber als wir etwa drei Jahre zusammen waren, musste er für ein paar Wochen ohne mich weg. Und als er wiederkam, … da war es, als müssten wir wieder ganz von vorne anfangen." Ich machte eine Pause, als ich daran zurückdachte.

Richard hatte damals getobt und gezetert, als ihm klar wurde, dass ich schon wieder Schmerzen hatte. Und ich? Ich hatte ihm einfach nur gefallen wollen. Er war mein erster Freund gewesen und der einzige Mensch, der mir seit dem Tod meiner Mutter nahe gekommen war. Ich sagte Nein, aber er machte trotzdem weiter. Weil ich ihn liebte und nicht verlieren wollte, hatte ich die Zähne zusammengebissen und ihn gewähren lassen. Nachher fühlte ich mich schrecklich benutzt. Das Ganze passierte noch mehrmals, bis er meinen gequälten Gesichtsausdruck beim Sex nicht mehr ertrug und sich seine Befriedigung anderswo holte. Leider änderte das rein gar nichts an meiner Abhängigkeit zu ihm.

„Was hat er gemacht?", fragte Jared vorsichtig.

„Er war … zu ungeduldig. Zu forsch. Ich wollte nicht … Ich …"

„Du hast Nein gesagt und er hat trotzdem weitergemacht?"

Ich nickte betrübt.

„Was für ein Arschloch."

Überrascht sah ich Jared an, aber dieser wirkte ganz ernst. „Mary, eins möchte ich klarstellen. Ich werde dir auf keinen Fall wehtun. Einverstanden?"

Zögerlich nickte ich.

„Es ist mir ganz wichtig, dass du mir vertraust. Was immer dir zugestoßen ist … Nichts läge mir ferner, als dich zu verletzen. Eher lasse ich mich kastrieren, hörst du?"

Ich hob die Beine auf das Sofa und umschlang meine Knie. Ich wusste gar nicht, was ich zu diesem Versprechen sagen sollte..

Jared räusperte sich. „Sag mal, hat dieser Kerl es wirklich nie geschafft, dich richtig vorzubereiten? Ich meine … Kurz nach einem Orgasmus, da …"

Ich schnaubte. „Jared, wovon träumst du? Ich habe keine Orgasmen."

Überrascht sah er mich an. „Nicht mal, wenn du es dir selber machst?"

Ich wurde rot. Wie sollte ich ihm erklären, dass ich so etwas noch nie versucht hatte? „Ich … Also … Ich habe noch nie …."

Jareds Mund klappte auf und wieder zu. „Du hast es dir noch nie selbst gemacht? So geht das nicht", stellte er fest.

Dann richtete er sich auf und kramte aus einem Schränkchen neben dem Sofa ein silbernes Gerät in der Größe seines Daumens hervor. Es sah aus wie eine kleine Taschenlampe, hatte vorne aber keine Glühbirne, sondern drei Noppen.

„Äh … Was ist das?"

Jared grinste. „Das, meine liebe Mary, ist ein batteriebetriebener Lustspender. Ich habe zwar versprochen, dass ich dich nicht unsittlich berühren werde, aber es spricht nichts dagegen, dass du es selber tust."

„Aber ich habe dir doch gerade gesagt, dass …"

„Der ist zur äußeren Anwendung gedacht. Nicht zur inneren. Er stimuliert die Klitoris. Und sofern du mir jetzt nicht erklären willst, dass du beschnitten bist, vermute ich, dass zumindest dieser Teil deiner Anatomie funktionieren sollte."

„Also …", gab ich zu. „Ich denke, da ist alles in Ordnung."

Skeptisch nahm ich den Gegenstand aus Jareds Hand und betrachtete ihn eingehend. So etwas hatte ich noch nie gesehen. Allerdings musste man dazusagen, dass ich mit Sexspielzeug keine große Erfahrung hatte. Natürlich hatte mein Exfreund sich Mühe gegeben, mich äußerlich zu stimulieren, aber früher oder später hatte er immer versucht, mir den Finger in die Vagina zu schieben, und das war einfach unangenehm gewesen.

„Ich weiß nicht recht." Ich konnte mir einfach nicht vorstellen, dass das funktionierte.

„Komm her", bat Jared. „Ich zeige dir, wie es geht. Du musst dich dafür noch nicht einmal ausziehen."

Unsicher sah ich ihn an und er seufzte.

„Vertrauen, Mary. Ich bitte dich um dein Vertrauen. Ich werde nichts tun, was dir wehtut. Ich werde dich auch nicht da unten berühren. Ich werde dich nur führen. Versprochen."

Ich schluckte und fühlte, wie mein Herz wieder anfing, schneller zu pochen. Diesmal jedoch nicht aus Angst, sondern aus freudiger Erwartung. Wie lange war es her, dass ich wirklich einmal Lust empfunden hatte? Viel zu lange. So viel war klar.

„Komm her", wiederholte Jared und ich gab nach. Er hatte sich seitlich auf das Sofa gesetzt. Ich ließ zu, dass er mich zwischen seine Beine zog, und schmiegte mich mit dem Rücken an seine breite Brust.

„Hier", sagte er und zeigte mir einen kleinen Knopf. „Da machst du ihn an."

Ich drückte ihn und das kleine Gerät fing leise an zu surren. Sofort musste ich kichern. „Warum hast du eigentlich einen Mini-Vibrator im Wohnzimmer versteckt?"

Er zuckte mit den Schultern.

„Man weiß nie, wofür man ihn noch braucht. Keine Angst. Der ist unbenutzt. Ich hab jede Menge von den Dingern. Eine gute Freundin von mir arbeitet im

Bordell und verteilt die Teile zu Hauf als Werbegeschenke."

Ich musste lachen und das lockerte die Situation ein bisschen für mich. Ich war gerade dabei, mir von einem Mann, den ich erst seit einer Woche kannte, bei der Selbstbefriedigung helfen zu lassen. Das war schon ein bisschen verrückt, aber irgendwie auch unheimlich aufregend.

„Also gut", sagte ich und atmete einmal tief durch. „Was muss ich tun?"

Jared umfasste meine Hand mit dem kleinen Gerät und führte es langsam zu meinem Hals. „Du musst tun, was immer dir gefällt", flüsterte er in mein Ohr und ich konnte spüren, dass er fast genauso erregt war wie ich. Vermutlich hatte er so etwas auch noch nie gemacht.

„Ist gut", flüsterte ich zurück und drückte mich noch näher an ihn. Ich genoss das Gefühl seiner harten Brust hinter mir und war nicht überrascht, als ich an meinem Hintern eine deutliche Erektion spürte. Komischerweise machte mir das keine Angst, sondern gab mir ein Gefühl der Genugtuung. Die Situation machte ihn an. Eindeutig. Aber er hatte mir versprochen, mich nicht zu berühren, und das gab mir Sicherheit. Obwohl ich Jared kaum kannte, vertraute ich ihm tatsächlich.

„Schließ die Augen", befahl Jared leise und ich gehorchte.

Dann spürte ich, wie er das Gerät langsam meinen Hals entlang über meinen linken Arm gleiten ließ. Bis zu meiner Brust.

„Oho. Kein BH", stellte Jared fest und ich konnte das Lächeln in seiner Stimme hören.

Langsam umkreiste er meine Brust mit dem Gerät und meine Brustwarzen richteten sich auf. Mein ganzer Körper kribbelte und ich stieß einen Seufzer aus, als er zu meiner anderen Brust wechselte und auch diese umkreiste. Es fühlte sich ungewohnt gut an. Allerdings musste ich zugeben, dass ich mir nicht vorstellen konnte, so etwas alleine antörnend zu finden. Was mich anmachte, war Jareds Nähe. Sein Duft, in dem sich sein Aftershave mit dem Zigarettenrauch vermischte und der mir eigenartigerweise erotisch erschien. Seine Wärme und der Druck von Jareds Lenden an meinem Unterleib.

Dass es ihn erregte, mir Lust zu bereiten, war atemberaubend. Jared führte meine Hand mit dem Gerät über meinen Bauch und dann über mein angewinkeltes Bein, bis hin zu meinem Knie. Dann hob er vorsichtig meinen Rock und glitt mit meiner Hand zusammen die Innenseite meines Schenkels hinab. Mein Atem beschleunigte sich und Adrenalin schoss durch meinen Körper. Die Vibration an meinem Bein kribbelte und je mehr wir uns meiner Mitte näherten, desto unruhiger wurde ich.

„Halt still", raunte Jared in mein Ohr. „Entspann dich. Sonst höre ich auf und du kannst zusehen, wie du das hier alleine zu Ende bringst."

Sofort zwang ich mich, wieder ruhiger zu liegen und stieß einen erleichterten Seufzer aus, als Jared an meinem anderen Bein weitermachte. Er schob meinen Rock mit seinem Arm bis über meine Hüfte, wobei sein Hemdsärmel verrutschte und einige seiner Tätowierungen freigab. Den Anblick fand ich unglaublich sexy, weil es mir wieder bewusst machte, dass ich gerade nicht alleine hier lag, sondern dass es Jared war, der meine Bewegungen steuerte.

„Schließ die Augen", verlangte er und ich tat wie geheißen.

Im nächsten Moment erreichte der Vibrator meine Mitte und ich spürte das Summen durch den Slip hindurch auf meinem Geschlecht. Sofort verspannte ich mich und keuchte auf. Mein erster Impuls war, meine Hand zurückzuziehen, aber Jared hielt sie fest und lockerte nur den Druck.

„Ganz sachte", flüsterte er mir zu.

Dann senkte er den Gegenstand wieder und ein Feuerwerk der Gefühle durchschoss mich. Mein Gott. Ich hatte vorher schon einmal versucht, mich mit einem Vibrator zu vergnügen, aber nie hatte ich so stark dabei empfunden. Es war, als würde die Lust über mich hereinbrechen wie eine Welle über einen kaputten Deich.

„Ich … kann … nicht", keuchte ich.

„Doch. Du kannst. Bleib einfach ganz ruhig und beweg dich so, wie du es brauchst."

Ich biss mir auf die Unterlippe und bewegte mein Becken so, dass es wieder in Kontakt mit dem Vibrator kam. Vorsichtig umkreiste ich meinen Kitzler mit dem Gerät, während Jareds Hand immer noch auf meiner lag.

„Berühre dich dabei", forderte er mich auf.

Mit seiner freien Hand nahm er meine Linke, die ich bisher in ein Kissen gekrallt hatte, und führte sie zu meiner rechten Brust. Durch leichten Druck animierte er mich dazu, sie zu kneten und zu streicheln, ohne dass er mich selbst dabei berührte. Gleichzeitig half er mir, mit dem Gerät zwischen meinen Beinen einen Rhythmus zu finden, der mich immer weiter auf die Spitze zutrieb.

„Oh Gott", stöhnte ich laut. „Jared ..."

„Mach weiter", befahl er, und seine Stimme klang rau.

Schweiß trat mir auf die Stirn, während meine Bewegungen immer hektischer wurden und ich nur durch Jareds Hilfe den Rhythmus beibehalten konnte.

„Komm", flüsterte er in mein Ohr. „Komm für mich, Mary."

Ich stieß einen Schrei aus, spürte, wie mein Unterkörper sich verkrampfte und sich in einem nie zuvor erlebten Orgasmus entlud. Meine Mitte zuckte, ich presste die Beine zusammen und spürte die Feuchtigkeit, die durch meinen Slip gedrungen war. Langsam ebbten die Wellen der Lust ab und ich fühlte mich erschöpft und kraftlos. Das Kribbeln in meinem Unterleib ließ nur ganz allmählich nach und die Schmetterlinge in meinem Bauch tanzten Tango. Mein Gott. Das war es also, worüber immer alle redeten? Zum ersten Mal in meinem Leben konnte ich tatsächlich nachvollziehen, warum von den meisten Leuten so ein Theater um Sex gemacht wurde.

Ein paar Minuten später lag ich immer noch

schwer atmend an Jareds Brust, der auch jetzt keinerlei Anstalten machte, mich zu berühren oder die Situation in irgendeiner Art und Weise auszunutzen. Stattdessen nahm er mir vorsichtig den Vibrator aus den Fingern, schob meine Hand auf meinen Bauch und zog mein Kleid wieder zurecht. Dann legte er die Arme um mich und drückte mich eng an sich.

„Und?" Seine Stimme klang heiser. „Glaubst du immer noch, dass ich bloß angebe?"

Ich schluckte. Jareds Körper war angespannt, was mir erneut zeigte, wie sehr die Situation ihn erregt hatte. Jetzt, wo alles vorbei war, hätte ich mich befangen fühlen sollen, weil Jared mich in einer solch intimen Situation begleitet hatte. Oder ängstlich, weil Jared möglicherweise eine Gegenleistung erwartete. Aber das tat ich nicht. Im Gegenteil. Ich fühlte mich gelöst und völlig entspannt. Wenn er mir vorgeschlagen hätte, jetzt Sex zu haben, hätte ich möglicherweise sogar Ja gesagt.

„Das war der Wahnsinn", gab ich zu. „Ich hatte keine Ahnung, dass es sich so dermaßen gut anfühlen kann."

Jared grinste. „Na dann warte mal ab, bis du mich richtig in Aktion erlebst. Das hier war ja nur eine Aufwärmübung."

Ich sah zu ihm auf. „Hör mal Jared. Das hier war wirklich toll, aber ... Ich kann dir einfach nicht versprechen, dass …"

„Ich brauche keine Versprechungen, Kleines. Ich mache immerhin auch keine."

Er zwinkerte mir zu und ich lehnte mich entspannt zurück. Ich fühlte mich schläfrig und so glücklich wie seit Jahren nicht mehr. Als Jared das auffiel, zog er mich ganz auf seinen Schoß und hob mich hoch, als würde ich nicht mehr wiegen als ein Päckchen Zucker.

„Wo bringst du mich hin?“, fragte ich benommen.

„Ins Bett“, antwortete er. „Deinen Nachtisch hast du ja jetzt gekriegt. Ich würde dich ja auf der Couch schlafen lassen, aber ich habe in den nächsten Tagen noch einiges mit dir vor und da wäre es unpraktisch, wenn du Rückenschmerzen bekommst.“

8. Kapitel

Als ich am nächsten Morgen müde in die Küche stapfte, empfing mich angenehmer Kaffeeduft und ein viel zu wach wirkender Jared, der mit seiner tief sitzenden Hose und dem nackten Oberkörper unverschämt gut aussah.

„Guten Morgen, Kleines", sagte er. „Na? Hattest du süße Träume?"

Ich stieß einen unzufriedenen Laut aus und gähnte. „Ohne meinen Kaffee sage ich gar nichts."

Jared lachte und reichte mir eine volle Tasse. „Wie es aussieht habe ich dich gestern ganz schön geschafft, was?"

Meine Wangen fingen an zu glühen und ich nahm den Kaffee entgegen, ohne ihm dabei anzusehen. Schnell nahm ich einen Schluck und setzte mich auf die andere Seite des Tisches.

In meinem übermüdeten Gehirn wurde die Erinnerung an gestern jetzt erst so richtig lebendig, und wusste überhaupt nicht, wie ich mit Jared umgehen sollte. Was hatte ich mir nur gedacht? Auf der einen Seite ärgerte ich mich darüber, dass ich so viel Alkohol getrunken hatte, weil ich im nüchternen Zustand bestimmt nicht so weit gegangen wäre. Doch auf der anderen Seite … hätte ich Jared am liebsten angefleht, das Ganze sofort zu wiederholen.

„Ist der Kaffee zu heiß?", fragte Jared. „Oder liegt es etwa an mir, dass du so rot wirst?"

„Eindeutig der Kaffee", murmelte ich und Jared lachte.

Mein Blick glitt über seine tätowierte Haut, und dabei fiel mir auf, dass sie noch ganz nass war.

„Warst du etwa schon schwimmen?", fragte ich.

Er nickte. „Natürlich. Es ist neun Uhr."

„Neun Uhr?", fragte ich überrascht. Ich konnte mich nicht daran erinnern, wann ich das letzte Mal so lange geschlafen hatte. Und das ohne Albträume.

„Ich war schon schwimmen, habe Yoga gemacht und gefrühstückt. Ich muss gleich zum Tattoostudio, wollte aber vorher sichergehen, dass dein Höschen wieder trocken ist."

Ich wurde wieder rot und versteckte mein Gesicht hinter der Kaffeetasse. Und doch spürte ich ein Ziehen in meinem Unterleib, als ich daran dachte, wie nah ich Jared am Vortag gewesen war, ohne dass er mich wirklich berührt hätte.

„Meinem Höschen geht´s gut", versicherte ich ihm. „Danke der Nachfrage."

„Das freut mich zu hören."

Ich warf Jared einen verstohlenen Blick zu, aber er schien seine Worte absolut ernst zu meinen. Er wirkte nicht, als stünde er unter Strom, weil er am Vortag nicht zum Schuss gekommen war, sondern war vollkommen entspannt und genauso locker wie bisher.

Ich trank noch einen Schluck Kaffee und fühlte, wie meine Lebensgeister langsam erwachten. Jared war wirklich grausam, mich nach allem, was gestern geschehen war, so zu foppen, aber das war wohl einfach seine Art. Wenn er jetzt plötzlich zum romantischen Softie mutiert wäre, hätte mich das noch viel mehr irritiert.

„Wie schon gesagt, ich muss gleich weg. Glaubst du, dass du ein paar Stunden ohne mich zurechtkommst?"

Er klang ungewohnt fürsorglich und ich schnaubte, um meine Rührung zu überspielen. „*Wie schon gesagt,* mir und meinem Höschen geht es prima. Mach dir keine Sorgen."

Jared lachte. „Dann ist ja gut. Für den Notfall weißt du ja jetzt, wo der Vibrator ist." Er zwinkerte mir zu.

Wieder wurde ich rot und versuchte vor Verlegenheit, mich hinter meinem Kaffeebecher zu verstecken. Als Jared das sah, stand auf und kam um den Tisch herum. Er war jetzt genau vor mir und seine Nähe sorgte dafür, dass mir wieder heiß wurde. Der Schalk war jetzt aus seinen Augen verschwunden und es lag eine Ernsthaftigkeit in seinem Blick, die mich völlig aus dem Konzept brachte.

„Mary", sagte er und hob mein Kinn an, damit ich ihn ansehen musste. „Bereue bitte nicht, was gestern passiert ist. Es ist keine Überheblichkeit, wenn ich dir sage: Das, was du gestern gefühlt hast, war nur der Anfang."

Ich schluckte und in meinem Bauch kribbelte es bei diesen Worten. Ich hatte am Vortag einen Einblick bekommen, was sein könnte. Trotzdem wusste ich nicht, ob ich bereit war, mich auf mehr einzulassen. Was, wenn ich mich weigerte? Angelo war fort und ich war Jared in nächster Zeit vollkommen ausgeliefert. Eigentlich sollte mir das Angst machen, aber das tat es nicht. Nicht mehr so wie gestern. Natürlich fürchtete ich mich weiterhin vor Sex, aber ich traute Jared einfach nicht zu, dass er sich auf ähnliche Art über meine Wünsche hinwegsetzen würde, wie Richard es getan hatte.

„Und noch etwas", sagte Jared und fixierte mich mit seinem Blick. „Wenn du etwas brauchst, egal was, dann will ich, dass du mich anrufst. Du wirst auf keinen Fall irgendwelchen Unsinn anstellen. Haben wir uns verstanden?"

Als mir klar wurde, worauf er anspielte, nickte ich. Einen Moment lang dachte ich an den Umschlag, der in meinem Schrank lag und daran, dass ich ihn dringend woanders unterbringen sollte. Der Schrank war einfach zu offen. Das gefiel mir nicht. Am liebsten würde ich ihn irgendwo einschließen.

„Ist gut", sagte ich und spürte, wie meine Haut unter Jareds Berührung kribbelte. Ob er mich jetzt küssen würde?

Tatsächlich beugte er sich vor, drückte seine Lippen aber nur auf meine Stirn und richtete sich wieder auf. „Bis später, Kleines", sagte er und ging zur Tür. „Wir sehen uns nachher im Club."

Im nächsten Moment fiel die Tür ins Schloss und ich war alleine. Mit einem Lächeln räumte ich den Tisch ab und ging dann in mein Zimmer, um mir einen Bikini anzuziehen. Vermutlich hatte ich mich noch nie so sehr auf die Arbeit gefreut wie heute.

***

Der Tag war wunderschön, und ich verbrachte ihn zum Großteil damit, in der Sonne zu liegen und zu lesen. Das war der Vorteil daran, wenn man sonst keine Verpflichtungen hatte und in Miami lebte. Ab und zu konnte man sich auch einfach fühlen, als wäre man im Urlaub.

Die Zeit verging viel zu schnell, und ehe ich mich versah, war es 19 Uhr und ich musste zur Arbeit. Dort angekommen verspürte ich sofort wieder Nervosität. Diese hatte jedoch wenig damit zu tun, dass ich mich vor dem neuen Job fürchtete, sondern lag vielmehr daran, dass ich Jared wieder sehen würde. Obwohl ich es nicht wollte, geisterte er mir ständig im Kopf herum.

Als ich dieses Mal den Diamond Club betrat, wurde mir nicht die Tür vor die Stirn gedonnert. Dafür stand der große Türsteher mit dem Hut und der Sonnenbrille im Flur, als würde er nur darauf warten, dass ungebetene Gäste kamen. Sobald er mich erblickte, musterte er mich eindringlich und verschränkte die Arme vor der Brust. Eine Geste, die eindeutiger nicht sein könnte. Genauso gut hätte er mir *Du kommst hier nicht rein!* Entgegenschreien können.

„Es ist noch geschlossen", sagte er stattdessen erstaunlich ruhig.

Unsicher knetete ich meine Hände. „Das weiß ich", erklärte ich schnell. „Ich bin auch nicht als Gast hier. Vielleicht erinnern Sie sich noch. Ich bin Mary, die Cousine von Angelo. Ich arbeite ab heute hier."

Der Türsteher nickte und ich versuchte einen Blick

hinter seine dunklen Brillengläser zu werfen, um seine Augen zu erkennen. Es gelang mir nicht. Aber immerhin schien er mit meiner Erklärung zufrieden zu sein, denn er nahm mir die Jacke ab und ließ mich durch. Seltsamer Kerl.

„Da bist du ja endlich“, rief Norah voller Begeisterung, als sie mich sah. Sofort kam sie auf mich zu und fiel mir um den Hals. „Jared hat mir schon erzählt, dass du heute kommst, aber ich wollte ihm kaum glauben. Ich bin ja so froh, dass ich endlich vernünftige Unterstützung bekomme. Die Mädels, die in letzter Zeit hier waren, hatten keine Ahnung, wie man sich in so einem Schuppen zurechtfindet. Du bist kaum geschminkt. Das ist wunderbar. Manche Mädchen fühlen sich eingeschüchtert, wenn man als Bedienung zu sehr aufgedonnert ist.“

Ich nickte und stellte jetzt erst fest, dass auch sie kaum Make-up trug. Das war bei jemandem wie Norah aber auch nicht nötig. Sie war eine vollbusige Schönheit mit Grips und einem gesunden Selbstbewusstsein. Da brauchte es keine Schminke, um sich von ihr eingeschüchtert zu fühlen.

„Na komm schon. Ich führe dich rum.“

Sie zog mich mit sich und brachte mich als Erstes zur Bar, wo sie mir die Barkeeper vorstellte. Danach erklärte sie mir die Tischordnung.

„Du musst dir unbedingt die Tischnummern zu merken“, schärfte sie mir ein. „Auf der linken Seite findest du von hinten nach vorne Tisch 1 bis 5 und auf der rechten Seite geht es dann weiter. In der Mitte klebt ein Kärtchen, damit du dich im Eifer des Gefechts nicht vertun kannst. Bist du gut im Kopfrechnen?“

„Eigentlich schon“, sagte ich überrumpelt.

„Was ist 3x5 + 4x2 + 32?“

„55“, sagte ich nach kurzem Überlegen.

Norah lächelte. „Test bestanden“, sagte sie. „Schau dir am besten schon mal die Speisekarte an. Die meisten Getränke haben runde Beträge. Das macht es für uns einfacher abzurechnen. Sieh zu, dass du den Ladies das Geld möglichst klein rausgibst, damit sie immer Dollarscheine haben, die sie den Jungs in die Hose schieben können. Das ist ganz wichtig. Wenn dein Portemonnaie nicht mehr voll genug mit Dollarnoten ist, dann gehst du einfach ins Hinterzimmer und wechselst. Onkel D hat haufenweise kleine Scheine da. Daran sollte es also nicht scheitern.“

Sie zwinkerte mir zu und ich sah in die Karte. Es gab günstige Getränke wie Bier und extrem teure Getränke wie Champagner. Ich konnte mir vorstellen, dass diese nur bestellt wurden, wenn die Damen schon ordentlich vorgetrunken hatten. Die Arbeitsanweisungen waren zwar ein bisschen anders als in dem Restaurant, in dem ich früher gearbeitet hatte, aber damit würde ich schnell klarkommen.

Als Nächstes zeigte Norah mir den Backstagebereich.

„Auf dieser Seite warst du wahrscheinlich schon“, sagte sie, als wir durch die Tür mit der Aufschrift *Staff only* gingen. „Hier hat Onkel D sein Büro.“

Ich nickte. Daran konnte ich mich gut erinnern.

„Daneben befindet sich die Abstellkammer“, erklärte Norah und öffnete eine Tür. „Hier findest du alles, was man zum Putzen so braucht. Du weißt schon. Falls ein Gast mal was verschüttet oder so. Für die gründliche Reinigung hat Onkel D vormittags anderes Personal.“

„Okay. Das ist gut. Gibt es auch irgendwo Platz für unsere persönlichen Sachen?“

„Klar. Hier vorne im Flur sind Spinde. Deiner ist der grüne. Der Schlüssel steckt.“

Als ich den Spind sah, der mich an meine alte Highschool erinnerte, fing mein Herz sofort an höher zu schlagen. Das Ding war abschließbar. Genau so etwas brauchte ich für meinen Umschlag. Dann hatte ich das Ding auch aus dem Haus und musste nicht jedes Mal nervös werden, wenn ich an meinen Kleiderschrank ging. Gleich morgen würde ich es umlagern.

„Das ist super“, sagte ich zu Norah. „Gibt es denn einen Zweitschlüssel, falls man mal einen verliert?“

„Nein. Aber zur Not kann man die Dinger bestimmt relativ einfach aufbrechen. Aber jetzt komm weiter. Nun geht es nämlich in den interessantesten Teil des Backstagebereichs.“

Sie ging auf eine Tür zu und klopfte heftig dagegen.

„Jungs!“, rief sie laut. „Ihr solltet lieber verstecken, was nicht gesehen werden soll. Ihr kriegt Frauenbesuch.“

Ich hörte einige hektische Bewegungen, bevor Norah die Tür aufstieß und sie in eine Umkleide führte, wo sich gleich mehrere der Diamond Guys aufhielten und mehr oder weniger bekleidet herumsaßen oder standen.

„Du willst wohl eine Gratisvorstellung, was Norah?“, fragte der riesige Stripper, den ich als Rick in Erinnerung hatte, mit süffisantem Lächeln.

„Wenn ich eine Gratisvorstellung wollte, dann sicher nicht von dir, Viking“, erwiderte Norah. „Wer so angibt wie du, kann doch nicht viel zu bieten haben.“

„Lust auf eine Kostprobe?“

„Lass mal stecken, Alter“, mischte Matt sich ein. „Norah hat Zuwachs dabei.“

Norah trat zur Seite und gab den Blick auf mich frei.

„Hey Mary. Das ist ja ein Ding“, rief Troy, der sich offenbar gerade als Cowboy verkleidete und nur Tanga, Hut und Stiefel trug. „Wie geht's deinem Kopf?“

Ich lächelte. „Gut. Danke. Aber in Zukunft werde ich vorsichtiger sein, wenn ich auf den Eingang des Clubs zugehe.“

Troy sah betreten zu Boden. „Ich wollte mich nochmal entschuldigen. Das war wirklich keine Absicht, weißt du.“

„Schon gut“, versicherte ich ihm und legte ihm eine Hand auf den Arm. „Ist ja nichts passiert.“

„Na, Troy“, erklang in diesem Moment Jareds Stimme, der von hinten in die Umkleide trat. „Baggerst du meine Schutzbefohlene an?“

Er trug wieder sein schwarzes Shirt und sah mit seinen blau funkelnden Augen einfach zum Anbeißen aus. Sofort begann mein Herz schneller zu schlagen. Troy riss die Augen auf und machte einen Schritt zur Seite.

„Ich habe mich nur entschuldigt“, erklärte er. „Nichts weiter.“

Er wirkte ein wenig nervös und begab sich zu Norah und den anderen. Automatisch fragte ich mich, ob Jared den Jungs eine Ansage im Hinblick auf mich gemacht hatte. Komisch. War das unter denen so üblich? Wir waren doch nicht zusammen. Wie kam er dann dazu?

„Wie war's im Tattoostudio?“, fragte ich.

Er zog eine Grimasse. „Anstrengend. Wir haben im Moment eine junge Frau da. Sie möchte ein riesiges Schiff auf den Rücken tätowiert haben. Auf der einen Seite macht das viel Spaß, weil selten Menschen dazu bereit sind, ein so großes Motiv zu nehmen. Außerdem hat sie sehr helle Haut und viel Fläche.“

Ich unterdrückte ein Lachen. War das eine andere Art zu sagen, dass sie übergewichtig war? „Das klingt doch gut“, stellte ich fest.

„Ja. Das Problem ist nur, dass sie sehr wehleidig ist. Sie schreit jedes Mal, wenn wir weitermachen. Heute waren wir drei Stunden mit ihr beschäftigt und die Hälfte der Zeit hat sie geschrien und geflucht. Ich glaube, ich bin noch nie so wüst beschimpft worden.“

„Oh Gott. Warum tut sie sich das denn an?“

„Das fragst du mich?“

Ich grinste, als ich daran dachte, wie viele Tattoos sich unter seinem Hemd befanden. „Du musst es doch wissen."

Jared nickte nachdenklich. „Auch wieder wahr. Aber jeder hat andere Gründe, sich tätowieren zu lassen. Bei mir waren die ersten Tattoos Rebellion gegen meine Eltern. Die nächsten waren dann Experimente, als ich angefangen habe, selbst zu tätowieren."

Er hob sein Bein auf einen Stuhl, zog seine Hose ein Stück hoch und entblößte einen Stern an seinem linken Knöchel. „Das war mein erstes selbst gestochenes Tattoo."

„Gar nicht so übel", stellte ich fest und bevor mir überhaupt klar geworden war, was ich da tat, strich ich bereits mit dem Finger darüber. Es fühlte sich uneben an. Anders als die Tattoos daneben.

„Ich habe zu tief gestochen damals. Das ist nicht ganz ungefährlich, aber es ist schon Jahre her und inzwischen weiß ich ganz genau, was ich mit meinen Händen tue."

Ich nickte und biss mir auf die Lippen, als ich daran dachte, was er am Vortag mit meinen Händen gemacht hatte. Irrte ich mich, oder war es plötzlich wärmer geworden?

„Hey. Seid ihr fertig mit turteln, oder soll ich später wiederkommen?", Norah sah uns fragend an.

„Ach, schon gut. Mary kann ja auch heute Abend noch damit fortfahren, meinen Körper zu erkunden", sagte Jared gutgelaunt und legte mir einen Arm um die Schultern. Er drückte mich kurz an sich und ließ mich dann viel zu schnell wieder los. „Genießt die Show nachher, Ladies. Ich wette, ich werde heute Abend wieder haufenweise Herzen brechen."

Norah runzelte die Stirn und sah ihm hinterher. Dann blickte sie wieder zu mir.

„Läuft da was zwischen dir und Jared?", fragte sie irritiert.

„Ich … Ähm. Nein", stotterte ich. „Aber selbst wenn … Ich dachte, du willst nichts von ihm."

„Will ich auch nicht", sagte Norah schnell. „Aber neugierig bin ich ja trotzdem. Ob er versucht, mich eifersüchtig zu machen?"

Ich schluckte. Der Gedanke war mir noch gar nicht gekommen. Benutzte Jared mich vielleicht nur, um Norah aus der Reserve zu locken? Möglich wäre es. Der Gedanke störte mich mehr, als ich erwartet hatte.

„Falls er dir zu nahe kommt, musst du ihm klare Grenzen setzen", erklärte Norah mir. „Jared ist aufdringlich, aber nicht übergriffig. Falls er sich allerdings in den Kopf gesetzt haben sollte, dich rumzukriegen, gibt es nur eine effektive Möglichkeit, ihn loszuwerden."

„Und die wäre?", fragte ich fast gegen meinen Willen.

„Du musst mit ihm schlafen." Norah zuckte mit den Schultern. „Ab dann verliert er das Interesse."

„Na das beruhigt mich ja ungemein", murmelte ich und war froh, als Norah mir einen Lappen in die Hand gab, um die Tische abzuputzen. Es war auf jeden Fall gut, etwas zu tun zu haben.

***

Der Abend verlief sehr erfolgreich. Es gab viel zu tun und da ich die Jungs schon vorher in Aktion gesehen hatte, schockierte mich ihre Show nicht mehr und ich konnte mich voll und ganz auf meine Aufgabe konzentrieren.

„Das macht siebenunddreißig Dollar“, sagte ich zu einer hübschen Brünetten, die gleich mehrere Getränke für sich und ihre Freundinnen gekauft hatte.

„Stimmt so“, sagte das Mädchen und drückte mir vierzig Dollar in die Hand. „Und fünf Dollar kriegst du noch oben drauf, wenn du mir einen Gefallen tust.“

Sie grinste mich an und entblößte dabei einen Schmuckstein auf ihrem Eckzahn.

„Worum geht es denn?“, fragte ich unsicher.

„Wie heißt der süße Kerl, der so toll an der Stange tanzen kann?“

Ich zögerte. War das Matt? Nein. So hieß er nicht. Miles? Nein. Das war der DJ. Liam vielleicht? Nein. Das stimmte auch nicht.

„Äh … Ich bin mir nicht ganz sicher“, gestand ich. „Ich arbeite erst seit heute hier.“

„Schade.“ Ihre Miene drückte Bedauern aus. „Und was ist mit dem Kerl, der von oben bis unten tätowiert ist?“

„Jared?“, fragte ich und hätte mir am liebsten auf die Zunge gebissen. Vielleicht wollten die Jungs gar nicht, dass die Kundschaft ihre echten Namen kannte. Es gab sicher einen Grund für die Künstlernamen.

„Heißt er so?", fragte das Mädchen und blickte wieder zur Bühne, auf der die Diamond Guys gerade eine Gruppenshow aufführten. Sie drückte mir einen Zettel mit einer Telefonnummer in die Hand. Daneben stand: Lilly, mit einem Herzchen über dem i.

„Gib diesem Jared doch bitte mal meine Telefonnummer", bat sie und ich nickte langsam. Ich hatte keine Ahnung, ob ich so etwas tun durfte, aber das war nicht der einzige Grund, warum ich zögerte. Würde Jared sie wohl anrufen, wenn ich ihm die Nummer gab? Das könnte gut sein. Immerhin waren wir nicht zusammen und es gab keinen Grund für ihn, es nicht zu tun. Diese Lilly war hübsch. Groß, schlank, gut gebaut. Jared behauptete zwar, dass ihn einzig und allein die Herausforderung lockte, aber ich bezweifelte, dass er ruhig bleiben würde, falls man ihm diese Lilly nackt auf den Bauch band.

Ein Stachel der Eifersucht bohrte sich in mein Herz. Ich wollte den Zettel nicht annehmen, aber wenn ich es nicht tat, würde Lilly vermutlich unzufrieden mit mir sein. Und unzufriedene Kunden am ersten Abend konnte ich mir wirklich nicht erlauben.

„Klar", sagte ich daher und steckte das Zettelchen in meine Rocktasche. „Kann ich machen."

Das Mädchen lächelte und wandte sich dann wieder der Bühne zu. Schnell ging ich zurück zur Bar, wo Norah mich schon erwartete.

„Und?", fragte sie. „Kommst du zurecht?"

„Sicher. Es ist voll, aber auch lustig. Die Frauen geben mehr Trinkgeld, als ich dachte. Offenbar sind sie nicht nur den Jungs gegenüber spendabel."

„Je mehr sie getrunken haben, desto besser wird es. Ich gehe eigentlich nie unter 200 Dollar Trinkgeld hier raus. So viel bekommt man in einem normalen Schuppen selten."

Da musste ich ihr recht geben. Ich nahm mir das nächste Tablett und lief los. Die Arbeit beruhigte mich in gewisser Weise. Es war gut, etwas zu tun zu haben, und bei jedem Dollar Trinkgeld freute ich mich wie ein kleines Kind. Als der Abend sich dem Ende zuneigte, knieten die Jungs sich nochmal richtig rein und gaben alles. Ich musste mich mehrfach zusammenzureißen, um nicht einfach mit der Arbeit aufzuhören und sie anzustarren.

Alle von ihnen wussten, was sie taten, aber während die anderen Jungs sich voll und ganz auf ihr Publikum konzentrierten, merkte ich, dass Jared immer wieder meinen Blick suchte, während er tanzte. Hundert kreischende Weiber um sich herum und trotzdem sah er von der Bühne aus zu mir. Ob er das tat, um Norah zu reizen? Oder lag es daran, dass er mich tatsächlich interessanter fand als sie? Was es auch war, ich war nicht so naiv zu glauben, dass es ihm um mehr ging als um Sex. Ich hatte inzwischen genug über ihn erfahren, um ihn einschätzen zu können, und eins war klar: Jared war kein Mann, der sich von einer Frau einfangen ließ.

Als die Show schon ziemlich weit fortgeschritten war, entspannte ich mich nach und nach. Die Arbeit machte wirklich Spaß und der Anblick halbnackter Männer machte mir gar nichts mehr aus. Ich eilte hin und her, sprach mit den Gästen und fühlte mich rundum wohl. Bis ... ja, bis jemand plötzlich meinen Namen durch das Mikrophon rief.

„Mary. Mary, wo bist du?“, ertönte Jareds Stimme durch die Lautsprecher. „Ladies. Wenn ihr unsere neue Bedienung seht, dann macht doch bitte mal ein Handzeichen. Es ist die mit den kurzen Haaren.“

Ich glaubte im ersten Moment, mich verhört zu haben, bis die Frauen um mich herum anfingen, Jared zuzuwinken und ihn auf mich aufmerksam zu machen.

„Ah. Da bist du ja, Mary. Ich schicke jetzt mal ein paar Jungs, um dich nach oben zu holen.“

Diese Worte lösten bei mir sofort einen Fluchtreflex aus. War das ein blöder Scherz?

„Es ist so, Ladies. Mary hat heute ihren ersten Abend und es ist Tradition, unsere neuen Kellnerinnen mit einem ganz besonderen Tanz zu beglücken. “

Zu meiner Verwunderung und meinem Schrecken begannen die Frauen, zu jubeln und zu klatschen. Offenbar gefiel ihnen die Vorstellung, dass ich gegen meinen Willen auf die Bühne gezerrt wurde. Verräterinnen. Allesamt.

Doch ehe ich mich versah, erschien Troy neben mir und versuchte mich auf die Bühne zu führen. Reflexartig schlug ich um mich und erwischte aus Versehen Troys Nase. Wenn ich nicht so in Panik gewesen wäre, hätte ich mich bestimmt bei ihm entschuldigt. So versuchte ich einfach nur wegzukommen, aber leider war Rick, der Wikinger der Gruppe, schneller. Ohne auf meinen Protest zu achten, schmiss er mich über die Schulter und reagierte auch nicht, als ich anfing, gegen seinen Rücken zu trommeln.

„Daf far nifft nett", erklärte Troy, der neben uns herlief und sich die Nase hielt. Hoffentlich hatte ich ihn nicht ernsthaft verletzt.

„Das war die Rache für die Beule", schnaufte ich. „Und jetzt lasst mich gefälligst runter! Ich bin als Bedienung angestellt und nicht als Showgirl."

Doch das sah das Publikum offensichtlich anders. Sie grölten und pfiffen durch die Finger wie Bauarbeiter, als Rick mich auf einen Stuhl setzte und Alex und Matt meine Hände an die Lehne fesselten. Jetzt war ich den Jungs wirklich ausgeliefert. So eine Scheiße. Ich zerrte halbherzig an meinen Fesseln, aber musste langsam einsehen, dass es wohl das Beste war, mich einfach in mein Schicksal zu ergeben.

„So, Ladies. Wollen wir unserer lieben Mary mal gehörig einheizen?", fragte Jared und das Publikum tobte. „Ihr seid euch einig. Dann spielen wir jetzt mal den Klassiker."

Jared sprang an die Seite der Bühne, legte das Mikrophon dort ab, schnappte sich einen Stapel Nadelstreifenhüte und warf sie seinen Kollegen zu. Dann gab er Miles ein Zeichen und unter dem Gejohle der Frauen ertönte Joe Cockers *You Can Leave Your Hat On*.

Mir wurde der Mund trocken, als die Jungs mit den Hüten und den schwarzen Hosen anfingen, ihre Show abzuziehen und langsam ihre Hemden aufzuknöpfen. Mann, waren die gut.

Einen Moment lang hegte ich noch die Hoffnung, die Stripper würden einfach nur um mich herumtanzen, aber das wäre dann wohl doch zu schön gewesen. Ich sah, wie Jared auf mich zukam und auch die anderen Kerle ihren Kreis enger zogen. Sofort zerrte ich wieder an meinen Fesseln. Oh Gott. Ich fühlte mich wie ein Kaninchen in der Falle.

Mein Herz klopfte mir bis zum Hals, als Jared sich direkt vor mir die Hose vom Leib riss und nur noch im Tanga vor mir stand. Aus dieser Nähe erkannte ich jede Linie seiner Tattoos und musste schlucken, weil mich seine Präsenz so sehr aufwühlte. Ich wollte das hier nicht erotisch finden. Ich war mitten auf einer Bühne mit lauter halbnackten Männern und zig Frauen, die daneben standen und uns zujubelten. Das war lächerlich.

Trotzdem konnte ich nicht verhindern, ein Kribbeln zu verspüren, als Jared eine meiner Hände losband und sie auf seinen Hintern legte. Während er seine Hüften kreisen ließ, beugte er sich zu mir herunter und flüsterte mir zu: „Du hältst dich super, Kleines. Ich wusste doch, dass mehr in dir steckt, als es im ersten Moment den Anschein hat. Vielleicht hast du ja Lust, mir die Aktion später noch heimzuzahlen."

Bei dem Gedanken bekam ich eine Gänsehaut und war mehr als froh, als er wieder von mir abließ, um den Tanz fortzusetzen. Als das Lied endlich zu Ende war, fühlte ich mich erleichtert und erschöpft. Wie hielten die Männer es nur aus, jeden Tag im Rampenlicht zu stehen? Ich würde mich an sowas bestimmt nie gewöhnen. Die Diamond Guys trugen inzwischen tatsächlich nur noch ihre Hüte und knappe Unterwäsche. Matt band mich los und half mir von der Bühne. Dabei fiel mir auf, dass er auch einige Tattoos am Oberkörper hatte. Zwar lange nicht so viele wie Jared, aber immerhin. Die kreischenden Mädels schienen das super zu finden. Offenbar standen sie einfach auf nackte Haut. Egal ob angemalt oder nicht.

„Na? Alles in Ordnung?", fragte Norah, als ich wieder bei der Bar ankam.

„Bestens", entgegnete ich, obwohl ich wackelige Knie hatte. „Muss das jede Neue hier über sich ergehen lassen?"

Norah lachte freudlos. „Zumindest jede, bei der man davon ausgehen kann, dass sie länger bleibt. Ich habe das Gefühl, Jared hat Interesse an dir. Pass bloß auf, dass er dir nicht das Herz bricht. Denn eins sollte dir klar sein: Jared ist ein unverbesserlicher Frauenheld und Herzensbrecher. Er ist gar nicht dazu imstande, sich an einen Menschen zu binden. Vergiss das bloß nicht, wenn du mit ihm zu tun hast."

Norah klang patzig und überhaupt nicht mehr so nett wie bisher. Ob sie vielleicht doch mehr auf ihn stand, als sie zugeben wollte? War sie vielleicht eifersüchtig?

Schnell nahm ich mir das volle Tablett und lief wieder los. Für so eine Diskussion hatte ich gerade wirklich keinen Nerv.

***

Nachdem die Show vorüber war und die meisten Damen aus dem Club verschwunden waren, kam Norah zu mir und nahm mich an die Hand.

„Tut mir leid, dass ich vorhin so zickig war", sagte sie. „Es ist ja nicht deine Schuld, wenn Jared sich so blöde benimmt. Komm mal mit. Ich wollte dir noch jemanden vorstellen."

Sie zog mich hinter sich her und ich folgte ihr widerwillig. Es war ungewohnt für mich, in so kurzer Zeit so viele neue Leute kennenzulernen, und ich fürchtete mich jetzt schon vor den neuen Namen. Aber so war das halt, wenn man eine neue Arbeit antrat.

Wir kamen zu einer kleinen Gruppe mit drei Frauen und einem Mann. Ich erinnerte mich vage, den Kerl schon im Backstagebereich gesehen zu haben, aber ich wusste nicht, welche Funktion er hatte.

„Das hier sind Fynn und seine Freundin Sarah", erklärte Norah. Sie deutete auf den Mann, der sich am Tischrand abstützte und eine blonde Frau mit Brille, die einen schicken Anzug trug. Vermutlich kam sie direkt von der Arbeit.

„Fynn gehört auch zur Truppe", sagte Norah. „Er ist nur im Moment krankgeschrieben."

Ich zog eine Augenbraue nach oben, wollte aber lieber nicht nachfragen, warum. Wer wusste schon, was man sich als Stripper alles für Verletzungen zuziehen konnte.

„Hallo Mary", sagte Sarah und reichte mir die Hand. „Freut mich, dich kennen zu lernen. Das hier sind Lupita und Roselyn.“ Sie deutete auf zwei Latinas, die sich von den Gesichtszügen her sehr ähnlich sahen, nur dass Lupita draller war und mehr Fröhlichkeit ausstrahlte.

„Mucho gusto“, sagte sie und schüttelte meine Hand. „Hast du ein Glück. Jeden Tag mit diesen papacitos zusammenzuarbeiten.“ Sie grinste.

„Ich würde ja auch gerne hier arbeiten“, verkündete Roselyn. „Dann würde Matt es sicherlich nicht mehr lange schaffen, mir aus dem Weg zu gehen.“

Na das war ja mal interessant. An Matt erinnerte ich mich. Das war der Kerl mit den Tattoos, der mir von der Bühne geholfen hatte. Offensichtlich hatte diese Roselyn einen Narren an ihm gefressen.

„Hör auf zu träumen, hermanita“, forderte Lupita. „Matt will nix von dir. Das hat er doch schon gesagt. Acéptalo.“

„Jaja. Aber nur, weil er meinen sexy cuerpo noch nicht so genau betrachtet hat.“ Roselyn klatschte sich selbst auf den Hintern und lachte, wobei ihr dunkles Haar hin und her schwang. Sie war wirklich das Sinnbild einer feurigen Latina.

„Da kommen die Jungs ja“, bemerkte Norah und ich drehte mich herum.

„Na ihr Hübschen“, sagte Jared und legte mir wie Selbstverständlich einen Arm um die Schulter. „Hat euch die Show gefallen?“

Alle sahen ihn überrascht an. Norah skeptisch, die anderen eher neugierig. Ob Norah vielleicht doch eifersüchtig war? Falls das Jareds Taktik war, schien sie zu funktionieren.

„Claro que sí“, sagte Lupita. „Es gibt doch nichts Besseres, als euch Jungs beim Tanzen zuzusehen.“

„Wo bleibt denn Matt?“, fragte Roselyn und blickte sich suchend um.

„Matt?“, fragte Troy. „Der ist weg. Als er gehört hat, dass ihr noch hier seid, ist er ...“

Jared verpasste Troy einen Stoß mit dem Ellbogen, so dass dieser überrascht nach Luft schnappte.

„Der hatte noch einen wichtigen Termin“, sagte Jared.

„Oh.“ Roselyns Gesichtsausdruck wirkte wie sieben Tage Regenwetter und sofort tat sie mir leid. Was Matt wohl dazu gebracht hatte einfach zu verschwinden, obwohl so eine heiße Frau auf ihn wartete?

„Oye, hermanita“, sagte Lupita. „Recuerda que Matt no es tu jugete.“

„Ich weiß, dass Matt nicht mein Spielzeug ist“, fauchte Roselyn zurück. „Weißt du was? Ich gehe jetzt nach Hause. Hasta luego amigos.“

Mit diesen Worten drehte sie sich herum und verschwand winkend in Richtung Ausgang. Lupita seufzte und wandte sich dann an Sarah.

„Ich geh besser mit ihr. Sehen wir uns dann morgen nach der Arbeit?“

„Ja klar. Bis morgen, Lu.“ Sie winkte ihrer Freundin nach und ich beobachtete, wie Lupita ihrer Schwester hinterherlief.

„Tut mir leid, Mary“, sagte Sarah, als ihre Freundinnen außer Sichtweite waren. „So ein Affentheater, nicht wahr?“

„Ach. Ist schon gut. Ich denke, ich gehe gleich auch nach Hause. War anstrengender, als ich erwartet hatte."

Alle lachten.

„Wenn du schon ins Schwitzen gekommen bist, was sollen wir denn dann sagen?", fragte Jared.

Ich verdrehte die Augen. „So anstrengend hat es gar nicht gewirkt, als du mit deinem nackten Hintern vor mir herumgewackelt hast."

„Wenn du dich da mal nicht täuschst", sagte er. „Der Auftritt hat mich ganz schön geschlaucht, aber keine Sorge. Für dich habe ich bestimmt noch genug Kraft übrig nachher."

Norahs Blick wurde eisig und Ärger wallte in mir auf. Was bildete dieser Kerl sich eigentlich ein?

„Nur, um das einmal vor allen hier klarzustellen", sagte ich und sah dabei besonders Norah an. „Jared und ich sind Mitbewohner. Nicht mehr und nicht weniger. Dieses Gehabe ist reine Show. Okay?"

„Gute Ansage", kommentierte Fynn und nickte zustimmend. Auch Norahs Gesicht schien sich zu entspannen, was eine große Erleichterung für mich war.

„Ist ja gut", sagte Jared und hob beschwichtigend die Hände. „Sie hat vollkommen recht. Wir sind Mitbewohner. Mehr nicht. Können wir jetzt trotzdem langsam nach Hause?"

„Also gut", sagte ich. „Ich hole eben noch meine Tasche und dann können wir meinetwegen los."

Jared nickte zufrieden. Offensichtlich konnte er es gar nicht erwarten, endlich nach Hause zu kommen.

Vor dem Club angekommen, zündete Jared sich eine Zigarette an und ich ging zwei Schritte voraus, um nicht so viel von seinem Qualm abzubekommen. „Zigaretten passen eigentlich nicht zu dir", stellte ich fest. „Du legst sonst so viel Wert auf Gesundheit. Warum in diesem Fall nicht?"

Jared zuckte mit den Schultern. „Ähnlich wie mit den Tattoos, habe ich mit dem Rauchen angefangen, als ich in der Pubertät war. Alles, was meine Eltern schockierte, war damals gut für mich. Zigaretten, Drogen, Alkohol, wechselnde Partner. Ich habe alles ausprobiert. Von den Drogen bin ich losgekommen und Alkohol trinke ich nur noch in Maßen. Rauchen tue ich auch nur aus Gewohnheit. Aber ich finde, es macht irgendwie sexy." Er zwinkerte mir zu und ich verdrehte die Augen. Dieser Mann war derart von sich überzeugt. Das war ja kaum auszuhalten.

Der Weg zum Apartment war kurz und mit jedem Schritt spürte ich, wie meine Anspannung zunahm. Jared hatte bisher keine Annäherungsversuche gemacht, aber er hatte ja angekündigt, dass er in nächster Zeit noch einiges mit mir vorhatte. Gegenüber den anderen hatte ich zwar behauptet, dass zwischen mir und Jared nichts lief, aber ich wusste, dass das ganz und gar nicht der Wahrheit entsprach.

Als hätte er meinen beschleunigten Herzschlag gehört, berührte Jared mich vorsichtig am Arm und brachte mich so dazu, ihn anzusehen. Die Zigarette hatte er offensichtlich weggeworfen. Wir waren nur noch wenige Schritte von unserer Haustür entfernt und ich hatte keine Ahnung, was mich erwartete.

„Mary“, sagte er in beruhigendem Tonfall. „Du wirkst schon wieder so gehetzt.“

Ich biss mir auf die Unterlippe und wich seinem Blick aus. Natürlich. Er hatte versprochen, mir nicht wehzutun, aber das hatten andere Männer auch schon behauptet. Es war schließlich nicht so, als ob sie mir absichtlich Schmerzen zugefügt hätten.

„Ich würde für die nächste Zeit gern ein paar Regeln festlegen“, erklärte Jared. „Heute war dein erster Arbeitstag, deswegen werde ich dich voll und ganz in Ruhe lassen. Ab dann wird es folgendermaßen ablaufen. Vormittags wünsche ich mir, dass wir ein bisschen Zeit miteinander verbringen. Ganz zwanglos. Wir spielen Rommé, sehen fern oder unterhalten uns. Ganz egal. Und nach der Arbeit ... will ich, dass du es bist, die zu mir kommt.“

Er trat einen Schritt näher an mich heran und strich mir über die Wange. Sein Körper war mir so nah, dass ich seine Wärme spüren konnte und ich merkte, wie mein Mund trocken wurde.

„Dein Zimmer ist für mich tabu“, erklärte Jared.

„Klar. Ist ja auch Angelos Zimmer“, erinnerte ich mich. Sicher wäre es eigenartig für ihn, in dem Zimmer seines besten Freundes dessen Cousine zu vögeln.

„Nein.“ Jared schüttelte den Kopf. „Es ist im Moment dein Zimmer und ich werde es nicht betreten, solange du mir keine Genehmigung dazu gibst. Meine Tür hingegen steht dir immer offen. Egal was ist. Du kannst jederzeit zu mir kommen.“

Nachdenklich betrachtete ich Jared.

„Hast du heute eigentlich versucht, Norah mit mir eifersüchtig zu machen?“

Überrascht zog er die Augenbrauen nach oben. „Nein. Überhaupt nicht, um ehrlich zu sein. Ich fahre nicht zweigleisig. Das führt nur zu Missverständnissen und Problemen, und darauf kann ich gut verzichten.“

Er sah mich an und sein Blick verursachte mir eine Gänsehaut.

„Ich mache keine Versprechungen für die Zukunft“, erklärte Jared. „Aber im Moment gibt es für mich keine Frau und keinen Mann, der mir wichtiger ist als du.“

Ich spürte ein Kribbeln in meinem Körper und kratzte mir nervös den Nacken. Meinte er das ernst? Das war leicht herauszufinden.

„Dann interessiert dich auch sicher nicht der Zettel mit der Telefonnummer von dieser wunderschönen Frau, den sie mir für dich gegeben hat, oder?“

Ich zog den Zettel hervor und Jared zuckte betont lässig mit den Schultern. „Nope“, sagte er. „Interessiert mich nicht die Bohne.“

Erleichterung durchfuhr mich. Es fiel mir zwar schwer, mir das einzugestehen, aber es hätte mich sehr gestört, wenn er diese Lilly angerufen hätte.

„Und trotzdem lässt du mich heute Abend in Frieden?“, hakte ich noch einmal nach.

Jared lachte. „Mein Zimmer steht immer offen. Was passiert oder nicht, hängt also einzig und allein von dir ab.“

„Du weißt, dass dann möglicherweise gar nichts passieren wird."

„Das glaube ich nicht. Du hast gestern einen Vorgeschmack auf das bekommen, was sein könnte." Er beugte sich vor und flüsterte in mein Ohr. „Wer die Vorspeise mochte, ist doch auch neugierig auf den Hauptgang."

Ich schluckte und war überrascht, als Jared sich von mir entfernte und die Schmetterlinge in meinem Bauch unbefriedigt zurückließ. Er sperrte die Tür auf, ging hinein und begab sich auf direktem Wege in sein Zimmer, ohne sich noch einmal nach mir umzusehen.

9. Kapitel

Die nächsten Tage waren erstaunlich entspannt. Jared hielt Wort und verbrachte so viel Zeit mit mir wie möglich. Er besaß zwar keine eigenen Inliner, aber glücklicherweise hatte er dieselbe Schuhgröße wie Angelo und begleitete mich auf diesen die Promenade entlang. Er war kein Profi, aber seine Fähigkeiten reichten, um problemlos mit mir mitzuhalten. Die Vormittage nutzten wir voll aus. Wir fuhren über den Eastern Sidewalk, alberten zwischendurch herum und aßen ein Eis. Ich war sehr unbefangen und ich hätte nie damit gerechnet, dass man mit Jared so viel Spaß haben könnte. Wir hatten erstaunlich viel gemeinsam und allmählich begann ich mich zu fragen, ob das der Grund dafür war, dass Angelo mit uns beiden so gut auskam.

Wenn Jared arbeiten musste, war ich in der Wohnung, ging schwimmen oder legte mich mit einem Buch in die Sonne. Ich konnte mich nicht daran erinnern, wann ich das letzte Mal so entspannt und zufrieden gewesen war. Selbst meine Albträume waren weniger geworden und ich wurde jeden Tag zuversichtlicher, dass ich meinen Umschlag gar nicht brauchen würde. Ich hatte ihn inzwischen in meinem Spind bei der Arbeit deponiert, was mir ein Gefühl der Sicherheit gab, weil er gut weggesperrt war. Immer wenn ich meine Sachen dort abstellte, strich ich einmal mit der Hand darüber. Es war fast wie bei einem Ritual. Trotzdem hatte ich nicht vor, von dem Inhalt Gebrauch zu machen.

Im Club tat ich meine Arbeit und freundete mich ein wenig mit Norah an. Nachdem ich ihr gegenüber klargemacht hatte, dass zwischen Jared und mir nichts lief, verhielt sie sich fast wieder so offen und herzlich wie zu Beginn und die Zusammenarbeit mit ihr machte viel Spaß.

Am Ende des Abends ging ich mit Jared zusammen nach Hause, der allein mit seinen Augen die wildesten Abenteuer versprach, die ich mir vorstellen konnte. Jeden Tag fiel es mir schwerer, standhaft zu bleiben und nicht einfach an seine Tür zu klopfen. Aber ich riss mich zusammen. Jared hatte versprochen, dass er nicht zu mir kommen würde und solange ich es schaffte, die Finger von seiner Tür zu lassen, konnte mir überhaupt nichts passieren. Ich durfte bloß nicht schwach werden.

Als ich gerade fünf Tage dabei war, merkte ich, dass mir die Arbeit immer leichter fiel. Ich wusste jetzt, wo die Tische waren, konnte die Jungs auseinanderhalten und kam auch mit den Preisen auf der Speisekarte besser zurecht.

„Mary“, hielt Norah mich an, als ich gerade mit einem leeren Tablett zurückkam.

„Bei mir an Tisch sieben hat jemand sein Glas umgekippt. Könntest du dich bitte darum kümmern? Ich muss erst noch bei Tisch fünf und sechs abrechnen.“

„Ja klar. Gerne.“

Schnell stellte ich mein Tablett ab und ging nach hinten zur Besenkammer. Ich kannte mich hier noch nicht so gut aus und ärgerte mich, als ich feststellte, dass der Lappen im obersten Fach eines Regals lag.

Ich stellte mich auf die Zehenspitzen, aber mit einer Körpergröße von einem Meter sechzig hatte ich ziemlich schlechte Karten.

„Ach, komm schon", schnaufte ich und streckte mich noch ein bisschen. Vielleicht sollte ich einfach auf den Putzeimer steigen? Doch bevor ich diesen Gedanken ausführen konnte, erlosch in der Kammer plötzlich das Licht und ich stieß einen spitzen Schrei aus.

Sofort legte sich eine Hand über meinen Mund und mein Herz setzte einen Schlag aus. Der Geruch nach Zigaretten und Aftershave trat mir in die Nase und es dauerte nicht lange, bis mir klar wurde, wer da bei mir im Zimmer war.

„Schsch", machte Jared und kam mir noch näher, sodass ich seinen Körper ganz nah an meinem spürte. „Ich bin's nur."

Er ließ mich wieder los und ich schlug ihm gegen die Brust. „Du hast mich fast zu Tode erschreckt", schimpfte ich. „Warum hast du das Licht ausgemacht?"

„Damit man von draußen nicht sieht, dass hier drin jemand ist."

Ich konnte das Lächeln in seiner Stimme hören und machte einen Schritt zurück. Doch Jared folgte mir sofort. Ich konnte ihn zwar kaum sehen, aber ich spürte seine Nähe mit jeder Faser meines Körpers. Unter der Tür her drang nur wenig Licht in die Kammer und es reichte gerade aus, um Konturen zu erkennen.

„Von einer Nummer in der Besenkammer träume ich schon, seitdem ich vor ein paar Wochen Fynn und Sarah hier beim Rummachen erwischt habe. Schade nur, dass Norah bisher kein Interesse hatte."

Der Kommentar mit Norah verletzte mich und ich versuchte, ihn wegzustoßen.

„Tja. Ich habe leider auch kein Interesse", stellte ich klar. „Was soll das, Jared? Ich dachte, wir hätten uns darauf geeinigt, dass du es mir überlässt, was läuft und ob überhaupt."

„Das stimmt", bestätigte er und ich spürte, wie seine Brust gegen meine drückte. „Ich hatte wirklich gedacht, das würde funktionieren, aber wie es aussieht, brauchst du ein bisschen mehr Motivation. Daher wollte ich dir gern einen Vorgeschmack darauf geben, was dich erwartet, falls du später doch noch an meine Tür klopfen solltest."

Ich schluckte. „Ach ja? Und wie willst du das machen?"

„Ganz einfach. Ich werde dich küssen."

„Bitte was?" Ich legte Jared eine Hand auf die Brust und wollte ihn wegdrücken, aber das Gefühl seiner Muskeln unter meinen Fingern machte mich nur noch nervöser.

„Das kannst du vergessen. Ich muss arbeiten", protestierte ich. „Norah wartet sicher schon auf mich."

„Nur ein Kuss", beharrte Jared. „Du wirst es nicht bereuen. Versprochen."

Ich biss mir auf die Unterlippe. Was konnte an einem Kuss schon so schlimm sein? „Okay. Aber nur ein ganz kurzer."

„Ist gut. Halt einfach still."

Ich gehorchte und erwartete, dass er sich zu mir herunterbeugen würde. Stattdessen hörte ich, wie er in die Hocke ging, und spürte dann, wie er meinen Rock hochschob.

„Was …?"

„Nicht bewegen", wiederholte Jared. „Vertrau mir."

Jetzt erst wurde mir klar, was er vorhatte. Er wollte mich küssen. Aber nicht auf den Mund. So viel war klar. Mit schweißnassen Fingern griff ich nach dem Regal hinter mir, um mich daran festzuhalten. Meine Knie fühlten sich an wie Wackelpudding.

Ich hätte mich gegen Jared wehren können, ihm sagen, dass ich mit dieser Art von Kuss nicht einverstanden war. Aber das wäre gelogen. Mein ganzer Körper schrie danach zu erfahren, wie es war, ihn zwischen meinen Beinen zu spüren. Zu einem verbalen Widerstand wäre ich in diesem Moment gar nicht imstande gewesen.

Als Jareds warmer Atem auf meinen Oberschenkel traf, beschleunigte sich meine Atmung. „Oh Gott, Jared", flüsterte ich und krallte mich stärker fest.

Sein Mund legte sich auf meinen Slip, und wie automatisch öffnete ich meine Beine weiter für ihn, als seine Zunge gegen den Stoff drückte. Am liebsten hätte ich mir selbst den Slip vom Leib gerissen und Jared angefleht, weiterzumachen. Aber bevor er richtig angefangen hatte, entfernten seine Lippen sich schon wieder von meiner Mitte und ließen mich frustriert und unbefriedigt zurück.

„Nur als Vorgeschmack“, sagte Jared und machte das Licht wieder an. Dann langte er nach dem Lappen oben auf dem Regal und reichte ihn mir „Wenn du mehr willst, dann weißt du ja, wo du mich nachher findest“, raunte er mir ins Ohr, und ehe ich etwas erwidern konnte, war er schon wieder verschwunden.

***

Den Rest des Abends hatte ich Schwierigkeiten, mich zu konzentrieren. Zweimal verrechnete ich mich und einmal wäre mir fast ein volles Tablett zu Boden gefallen, weil ich zu Jared auf die Bühne gesehen hatte, anstatt mich auf das Wesentliche zu konzentrieren. Verdammt. Und dabei hatte ich eigentlich gedacht, dass es inzwischen schon ganz gut laufen würde.

„Ist alles in Ordnung mit dir?“, fragte Norah, die natürlich gemerkt hatte, dass ich abgelenkt war. „Hat Jared irgendetwas gemacht?“

Ich wurde rot. „Er hat mich in der Besenkammer besucht“, gab ich zu.

Norah schnalzte missbilligend mit der Zunge. „Du hast ihn doch hoffentlich in seine Schranken gewiesen. Bevor du da warst, hat er mir ständig solche Angebote gemacht, aber seither, würdigt er mich keines Blickes mehr. Daran sieht man doch schon, was für ein wankelmütiger Mistkerl er ist. Falls du ihn ranlässt, würde es mich nicht wundern, wenn er sofort wieder bei mir angekrochen käme."

Ich wusste nicht recht, was ich von dieser Voraussage halten sollte. Obwohl Norah behauptete, dass sie kein Interesse an Jared hatte, las ich zwischen den Zeilen etwas ganz anderes. Es schien sie zu stören, dass er die Aufmerksamkeit, die bisher ihr gegolten hatte, jetzt mir zukommen ließ. Kein Wunder. Ich würde mich definitiv auch schlecht fühlen, wenn eine neue Bedienung anfinge und er mich von einem Tag auf den anderen einfach fallen ließe.

Schnell machte ich mich wieder an die Arbeit und war erleichtert, dass Mr. D anderweitig beschäftigt zu sein schien und meine Tollpatschigkeit nicht bemerkte. Nach meiner Schicht putzte ich noch die Tische ab, als plötzlich ein Hintern unter einem der Tische hervorragte. Vor Überraschung schrie ich auf und schlug mir die Hand vor den Mund, um den Laut zu unterdrücken. Der Mann schreckte hoch, stieß mit dem Kopf gegen den Tisch und sah sich nach mir um.

„Oh. Hallo Mary", sagte Troy, als er mich erkannte und rieb sich die Stirn. „Jetzt steht es wohl 2:1."

Ich winkte ab. „Das hier zählt nicht. Immerhin hast du dich selbst gestoßen. Was um Himmels Willen suchst du denn da unten?"

„Oh. Mein Stethoskop. Ich hab es vorhin bei der Show einem der Mädels um den Hals gehängt und dann vergessen. Ich dachte, vielleicht liegt es hier noch irgendwo."

Ich musste lachen. „Als ob. Das haben die Damen doch bestimmt als Souvenir mitgenommen."

„Nein. Ich bin mir ganz sicher, dass …"

„Suchst du das hier, Doc?", rief eine dunkle Stimme, die ich sofort dem grobschlächtigen Wikinger Rick zuordnen konnte. Ein Gegenstand flog durch die Luft und wickelte sich um Troys Hals, der verpasst hatte, es zu fangen. Das riesige Bruststück traf ihn an der Nase und er stöhnte auf.

„Das hat Bo am Ausgang so ´ner blonden Tussi abgenommen", sagte Rick und kam mit einem fiesen Grinsen auf Troy zu. „Du solltest dir dringend mal neues Equipment zulegen, Doc. Dein Pseudo-Arztkoffer ist einfach nur peinlich. Du glaubst doch wohl nicht ernsthaft, dass die Damen bei solchen Plastikutensilien ein feuchtes Höschen kriegen, oder?"

„So unecht sieht das gar nicht aus", verteidigte Troy sich und hielt das Stethoskop in die Höhe. „Es ist vielleicht ein bisschen größer, als normalerweise, aber …"

„Es ist lächerlich", beharrte Rick. „Schau dir mein Kostüm dagegen an." Er breitete die Arme aus, sodass man gar nicht anders konnte, als sein Wikingerkostüm zu bewundern. Ich musste zugeben, dass er nicht unrecht hatte. Rick sah mit seinem Helm und den echten Fellen tatsächlich aus, als wäre er gerade dem frühen Mittelalter entsprungen. Im Vergleich dazu war Troys Kostüm wirklich lahm.

„Selbst Parker hat inzwischen eine authentische Polizeiuniform", stichelte Rick weiter. „Und sogar Matts Feuerwehroutfit ist besser als dein Scheiß."

Ich sah, wie Troys Augen immer größer wurden und bekam Angst, dass er gleich in Tränen ausbrechen würde, wenn ich nicht sofort dazwischen ging.

„Vielleicht ist Troys Kostüm nicht ganz so beeindruckend wie deins, aber immerhin hat er Charme. Das ist für dich ja ein totales Fremdwort."

Rick kratzte sich am Kinn und kam auf mich zu, sodass ich unwillkürlich vor ihm zurückwich. Seine massige Gestalt und seine großkotzige Art machten mir Angst.

„Du hast ja keine Ahnung, wie charmant ich sein kann, Püppchen", sagte er und kam auf mich zu. „Soll ich´s dir beweisen?"

Sofort fühlte ich mich bedrängt und suchte verzweifelt nach einem Ausweg aus der Situation. Norah hätte bestimmt sofort einen flotten Spruch auf Lager gehabt. Bei Jared gelang mir das inzwischen auch ganz gut, aber Rick war eine völlig andere Nummer. Er schüchterte mich ein und erinnerte mich auf unschöne Weise an Richard.

„Äh Rick. Ich glaube nicht, dass Mary das mag", versuchte Troy mir zu helfen.

Endlich fand ich meine Stimme wieder und gab mir Mühe, ihr einen spöttischen Unterton zu geben, damit man mir die Nervosität nicht so sehr anmerkte.

„Troy hat recht", sagte ich. „Barbaren sind nicht so mein Ding. Ich mag es lieber, wenn Männer mit Messer und Gabel umgehen können."

Rick lachte auf und grinste mich an. Offensichtlich nahm er mich nicht ernst und ich fühlte, wie mein Herz immer schneller gegen meine Brust schlug.

„Ein Messer hab ich gerade nicht zur Hand, aber mit dem Schwert bin ich gar nicht schlecht", erklärte Rick und klopfte sich an den Oberschenkel, wo seine Attrappe hing.

Als er noch näher kam, stieß ich gegen die Tischkante hinter mir und hätte am liebsten aufgeschrien. Ich fühlte mich in der Falle und selbst meine Hände fingen an zu zittern. Mir war klar, dass ich überreagierte. Bisher hatte Rick nichts getan, um mich zu verletzen, und ich bezweifelte auch sehr, dass er es wagen würde, mich vor Troys Augen über die Schulter zu werfen und in seine Höhle zu schleifen. Aber trotzdem machte er mir furchtbare Angst.

Offenbar war ihm das auch endlich klar geworden. Denn als ich mich panisch nach einem Ausweg umsah, runzelte er die Stirn.

„Jetzt tu doch nicht so, als hätte ich die Pest", sagte er. „Ich hab vorhin genau gesehen, wie du kurz nach Jared aus der Besenkammer gekommen bist. Ganz so prüde, wie du tust, kannst du also gar nicht sein."

Er streckte einen Arm nach mir aus und ich wich instinktiv davor zurück. Ich wusste nicht, ob er mir nur über den Arm streichen wollte, oder doch etwas ganz anderes vorhatte. Ich sah nur seine riesige Hand auf mich zukommen, lehnte mich zurück und …

„Wenn du sie anfasst, bist du tot“, ertönte in diesem Augenblick Jareds Stimme und ich hätte vor Erleichterung fast geweint.

Sofort drehte Rick sich zu Jared um. „Ach ja?“, fragte er. „Sind die Bedienungen hier seit neustem dein Privateigentum, oder was?“

„Du lässt sie jetzt gehen, oder ich schwöre dir, du kannst was erleben, Viking“, sagte Jared in mühsam beherrschtem Tonfall. Er bebte vor Wut und es hätte mich nicht gewundert, wenn er sofort auf Rick losgegangen wäre. So hatte ich ihn noch nie gesehen.

„Willst du dich etwa mit mir prügeln, Snake?“ Rick lachte. „Du glaubst doch wohl selber nicht, dass du dabei eine Chance hast.“

„Alleine vielleicht nicht, aber ich warte auch schon länger darauf, dir mal die Fresse polieren zu dürfen“, sagte Matt, der in diesem Moment auf die Bühne trat und seine linke Faust erwartungsvoll in seine rechte Hand klatschen ließ.

„Zwei gegen einen? Dann wird es ja zumindest mal interessant“, sagte Rick grinsend und ging in Angriffsposition.

„Soll ich den Boss holen?“, fragte Troy verunsichert.

„Aber nicht doch“, sagte Rick. „Das regeln wir unter uns, nicht wahr, Snake?“

„Gibt es hier ein Problem?“, ertönte in diesem Moment die autoritäre Stimme von Mr. D und Rick fuhr herum.

Sobald er mir eine Lücke ließ, schlüpfte ich an ihm vorbei und warf mich ohne zu zögern in Jareds Arme. Ich zitterte am ganzen Körper und er drückte mich an sich, ohne Rick dabei aus den Augen zu lassen.

„Nur eine kleine Auseinandersetzung unter Kollegen“, sagte Jared, und seine Stimme vibrierte vor unterdrückter Wut. „Wobei ich eine Frage hätte: Was passiert nochmal bei sexueller Belästigung am Arbeitsplatz, Boss?“

Grimmig schaute Mr. D von einem der Jungs zum nächsten. „Wer die Bedienungen belästigt, wird von mir eigenhändig kastriert“, erklärte er. „Warum? Ist irgendwas vorgefallen, von dem ich wissen sollte?“

Jared sah Rick längere Zeit an, der verdächtig still geworden war. „Nein“, sagte er dann. „Alles in Ordnung, oder Rick?“

Rick räusperte sich. „Alles bestens, Boss. Ich wollte sowieso gerade gehen.“

„Na dann macht, dass ihr wegkommt“, sagte Mr. D. „Ich will den Laden dichtmachen und hab keine Zeit, für so einen Scheiß.“

Jared nickte und zog mich mit nach draußen. Ich war noch nie so froh gewesen wie an diesem Abend, endlich an die frische Luft zu kommen.

10. Kapitel

„Rick ist so ein Kotzbrocken", sagte Matt, während er neben uns her aus dem Club lief. „Schade eigentlich, dass Mr. D dazwischen gegangen ist. Ich hätte Viking nur zu gerne mal eine Lektion verpasst."

Jared warf ihm einen Blick zu und zog mich näher an sich. „Normalerweise prügele ich mich ja nicht gerne, aber in diesem Falle hätte auch ich mal eine Ausnahme gemacht. Ist mit dir soweit alles in Ordnung, Mary?"

Ich nickte. „Alles okay. Es ist nur ..."

Ich spürte, wie mir die Tränen kamen und drehte den Kopf weg.

„Matt ... würdest du ...", begann Jared.

„Klar, Mann. Ich wollte sowieso noch auf Alex warten. Sehen wir uns dann morgen?"

„Sicher. Danke."

„Kein Ding. Bis dann."

Sobald Matt außer Sichtweite war, fingen meine Tränen richtig an zu laufen. Sofort blieb Jared stehen und schloss mich in die Arme.

„Hey, hey. Jetzt beruhige dich mal", bat er und drückte mich an sich. „Rick ist bloß ein Schwätzer. Er hätte dir nichts getan. Da bin ich mir sicher. Du weißt doch: `Hunde, die bellen, beißen nicht´."

„Kommt ganz drauf an", schniefte ich. „Bei einem Pitbull würde ich mich darauf nicht verlassen."

Jared lachte. „Naja. Ich denke, Rick ist eher sowas wie ein Boxer. Sieht zwar gefährlich aus, ist aber gar nicht so übel."

Ich legte meinen Kopf wieder an Jareds Brust und genoss es, mich von ihm halten zu lassen. Seine Wärme fühlte sich gut an und er roch so gut, dass ich wünschte, er würde mich nie wieder loslassen.

„Warum machst du dir eigentlich so viel Mühe mit mir?“, fragte ich nach einer Weile. „Ich bin so schrecklich kaputt, weißt du? Es könnte durchaus sein, dass du bei mir gar nicht ans Ziel kommst.“

„Hey. Der Weg ist das Ziel, Baby. Ich verbringe gerne Zeit mit dir und werde es auch weiterhin tun, falls du in Zukunft lieber einen Keuschheitsgürtel trägst.“

Mir entschlüpfte ein Kichern. „Sicher? Ich denke eher, dass du dann einen Bolzenschneider holen würdest, um ihn zu entfernen.“

„Hm. Ja. Wäre auch eine Möglichkeit. Allerdings ist mir vorhin klargeworden, dass es bei dir größere Hürden zu überwinden gibt, als eine Stahlunterhose.“

Ich horchte auf. „Heißt das etwa, du gibst auf?“, fragte ich und wusste nicht, ob ich mich darüber freuen oder traurig sein sollte.

Als Jared den Kopf schüttelte und ich Erleichterung empfand, war klar, welches Gefühl überwog.

„Aufgeben?“, fragte er und tippte mir mit dem Finger auf die Nase. „Never ever. Ich liebe Herausforderungen, das weißt du doch.“

„Aber, was wenn ich gar nicht dazu imstande bin, meine Angst vor Sex zu überwinden? Was, wenn ich einfach schon zu kaputt bin? Was, wenn …“

Jared unterbrach mich, indem er sich vorbeugte und seine Lippen ganz plötzlich auf meine drückte. Ich war völlig überrumpelt und mein erster Impuls war, ihn entrüstet von mir zu stoßen. Aber Jared hielt mich so fest und das Gefühl seiner Lippen auf meinen war so überwältigend, dass ich mich kaum noch auf den Beinen halten konnte.

Jared vergrub eine seiner Hände in meinem kurzen Haar und mein Körper erzitterte. Seine Lippen waren warm und weich. Sie schmiegten sich an meine und das Gefühl sorgte dafür, dass mir schwindelig wurde. Ohne es zu wollen, stieß ich einen Seufzer aus und ließ zu, dass seine Zunge in meinen Mund glitt. Ich legte meine Hände an seine Wangen und spürte die leichten Bartstoppeln auf seiner Haut. Als er den Kuss noch intensivierte, schlang ich meine Arme um seinen Hals und gab mich für eine Minute der Illusion hin, dass dies alles nicht nur auf Sex hinauslaufen würde. Dass es ihm um mehr ging, als mich ins Bett zu kriegen.

„Und? Immer noch ängstlich?“, fragte Jared.

Die Illusion verflog und die Realität holte mich ein, als ich spürte, wie die Enttäuschung mich überkam. Jared wollte Sex. Mehr nicht. Damit musste ich mich abfinden. Schnell machte ich mich von ihm los.

„Das ist alles nichts für mich, Jared“, sagte ich und sah zu Boden. „Es ist wirklich nicht fair, dass du mich so in Versuchung führst.“

Jared lächelte. „Ich bin die Versuchung in Person, Süße. Dagegen kann ich wirklich nichts tun.“

Ich schüttelte den Kopf und ging los. Ich hatte mir erhofft, dass er einfühlsamer reagieren würde, aber vielleicht konnte er das gar nicht.

„Mary, warte“, bat Jared und hielt mich zurück. „Hör mal. Ich habe dir versprochen, nichts zu tun, was du nicht willst. Was kann ich denn noch machen?“

Zum Beispiel etwas für mich empfinden, dachte ich, ohne es auszusprechen.

Stattdessen riss ich mich los und lief weiter. Ich war froh, dass Jared mich nicht zurückhielt, sondern mir schweigend folgte. Im Appartement ging ich direkt ins Bad und war erleichtert, als ich nach dem Duschen feststellte, dass Jareds Tür verschlossen war. Sobald ich alleine in meinem Zimmer war, setzte ich mich auf Angelos Bett und versuchte nachzudenken.

Eigentlich hatte ich keinen Grund, sauer auf Jared zu sein. Er hatte nichts falsch gemacht und war von Anfang an ehrlich zu mir gewesen. Er hatte nie behauptet, dass er eine Beziehung mit mir wollte, sondern klargestellt, dass er sich nur Sex mit mir wünschte. Trotzdem frustrierte es mich, wie sehr ich mich zu ihm hingezogen fühlte. Wenn er weiterhin so um mich warb, würde es nicht mehr lange dauern, bis ich mich Hals über Kopf in ihn verliebte und das durfte auf gar keinen Fall geschehen. Meine Suchtprobleme reichten mir. Da wollte ich mich nicht auch noch mit einem gebrochenen Herzen herumschlagen.

Was für Optionen hatte ich also? Entweder sträubte ich mich weiter gegen seine Annäherungsversuche, was vermutlich dazu führen würde, dass er seine Bemühungen verdoppelte. Oder … oder ich nahm den schnellen Weg und gab Jared einfach, was er wollte.

Bei dem Gedanken fing mein Herz sofort an schneller zu schlagen. Meine Güte. Wie lange war es her, dass ich das letzte Mal Sex gehabt hatte? Drei Jahre? Mit Sicherheit schon. Vermutlich war ich da unten inzwischen so zugeschnürt wie eine Jungfrau.

Meine Gedanken wanderten zurück zu Jared, und als ich mich an das Gefühl von seinem Mund zwischen meinen Beinen erinnerte, wurde mir sofort wieder heiß. Auf einmal erschien mir die Vorstellung, Sex zu haben, gar nicht mehr so erschreckend wie bisher. Vielleicht hatte Jared ja tatsächlich ein paar Tricks auf Lager, die es mir erträglicher machten. Und selbst wenn nicht, müsste ich mich danach zumindest nicht mehr mit seinen Annäherungsversuchen herumschlagen, sondern könnte mich in Zukunft auf die Arbeit konzentrieren.

Bevor ich dazu kam, es mir anders zu überlegen, öffnete ich Angelos Schrank und holte mir eines seiner Negligés heraus. Es war aus schwarzem Satin und reichte mir bis zu den Knien, aber das störte mich nicht. Im Gegenteil. Dadurch fühlte ich mich zumindest ein bisschen angezogener. Schnell zog ich mir einen Slip an und schlich auf den Flur hinaus. Ich atmete noch einmal tief durch und klopfte dann an Jareds Tür.

„Ja?“, ertönte seine dunkle Stimme von drinnen und ich trat ein. Jetzt gab es kein Zurück mehr.

***

Als ich Jared auf seinem Bett sitzen sah, musste ich zuerst einmal schlucken. Es lief leise Musik, die eine düstere Stimmung verbreitete. Der Raum wurde nur vom bläulichen Licht aus dem Terrarium erhellt und Jared saß mit nacktem Oberkörper auf seinem Bett. Ich staunte nicht schlecht, als ich bemerkte, dass sich um seine Brust eine zweite Schlange gewickelt hatte. Diesmal eine, die verflucht echt aussah.

„Komm rein, Mary“, bat Jared in ruhigem Tonfall. „Ich werde dich schon nicht beißen.“

„Du nicht“, gab ich zu. „Aber was ist mit …“

„Du meinst Erin?“ Er lächelte. „Keine Angst. Die ist so zahm wie ein Lamm. Um von der gebissen zu werden, müsstest du schon eine Maus sein.“

Nervös rieb ich mir den Arm. Jetzt gerade fühlte ich mich so klein, als wäre ich eine. Das hier war eine blöde Idee gewesen. Eine ganz blöde sogar.

„Na komm schon“, forderte Jared mich auf. „Sie tut dir nichts. Versprochen.“

Langsam trat ich näher. Ich hatte noch nie eine echte Schlange außerhalb eines Terrariums gesehen. Und vor allem keine so große. Sie musste mindestens zwei Meter lang sein und schien sich bei Jared äußerst wohl zu fühlen. Ihr schuppiger Leib war gelbschwarz gemustert, und ihre Augen glänzten wie dunkles Glas.

„Ist … ist sie giftig?“

„Nein. Pythons sind Würgeschlangen. Möchtest du sie mal nehmen?“

Erwartungsvoll sah er mich an, aber ich schüttelte den Kopf. Ich war doch nicht so verrückt, einfach eine Riesenschlange anzufassen.

„Warum bist du dann da? Wenn nicht, um die Schlange zu streicheln?“, fragte Jared und sein Blick war so herausfordernd, dass es mir die Sprache verschlug. Unbewusst sah ich von der echten Schlange zu dem Tattoo auf Jareds Körper. Oh ja. Diese Schlange würde ich tatsächlich gern berühren.

„Vielleicht … vielleicht kann ich sie ja doch mal nehmen“, sagte ich, weil ich nicht wusste, was ich sonst tun sollte. Ich war so nervös, dass ich vermutlich auch noch ganz andere Sachen getan hätte, um mich abzulenken. „Wie … wie soll ich das machen?“

„Leg zuerst eine Hand auf ihren Körper, damit sie sich an dich gewöhnen kann“, forderte Jared. „Schlangen sind keine Streicheltiere, aber Erin kennt es, regelmäßig von Menschen berührt zu werden.“

Zögernd tat ich wie geheißen und legte meine Hand auf der Höhe von Jareds Brust auf die Schlange. Es fühlte sich glatt und warm an. Nicht kalt und glitschig, wie ich erwartet hatte. Die Schuppen waren kaum zu spüren, aber ich fühlte die Muskeln unter ihrer Haut, als Erin sich herumdrehte und mir ihren Kopf zuwandte.

„Halt ganz still“, sagte Jared und umfasste meine Hand mit seiner.

Erin folgte seiner Bewegung und kroch seinen Arm entlang hinüber zu meinem. Dort angekommen ließ sie ihre Zunge hervorschnellen und berührte damit meine Haut.

„Keine Angst", beschwor Jared mich, als ich zurückzuckte. „Das ist Erins Art, deinen Geruch aufzunehmen. Sie kann dich dadurch identifizieren und wiedererkennen."

Ich schluckte und schloss meine Finger um seine. Mein Herz schlug mir bis zum Hals, als das Tier sich um meinen Arm wickelte und sich bis zu meiner Schulter hinauf schlängelte. Das Gefühl war einfach unglaublich.

„Versuch keine schnellen Bewegungen zu machen. Damit erschreckst du sie", erklärte Jared.

Den schuppigen Körper auf meinem Arm zu spüren verursachte mir eine Gänsehaut und ich verfolgte jede ihrer Bewegungen voller Faszination. Als sie jedoch ihren Kopf in meinen Ausschnitt gleiten ließ, schrie ich überrascht auf.

Sofort erschrak das Tier und Erins Muskeln zogen sich eng um meinen Arm zusammen. Jared reagierte schnell. Ohne zu zögern griff er in den Brustbereich meines Negligés und zog den Kopf der Schlange daraus hervor. Dabei streifte seine Hand meine Brustwarze und ein Schauer durchfuhr meinen Körper.

„Erin weiß genau, wo es gemütlich und warm ist", stellte Jared lächelnd fest. „Seitdem sie mir einmal in die Boxershorts gekrochen ist, lasse ich grundsätzlich meine Jeans an, wenn ich sie herausnehme."

Vorsichtig löste Jared die Schlange von meinem Arm, stand auf und legte sie behutsam zurück ins Terrarium. Dann schloss er den Deckel, setzte sich wieder auf sein Bett und strich mir über den Arm.

„Alles in Ordnung?", fragte er.

Ich nickte. „Ich bin mit meinen Gedanken immer noch bei der Schlange in deiner Hose“, gab ich zu.

Jareds Mundwinkel zuckten und mir wurde klar, wie zweideutig diese Aussage schon wieder gewesen war. So langsam ging mir das echt auf die Nerven.

„Mary“, sagte Jared. „Warum bist du gekommen?“

„Ich … ich dachte, dass wir vielleicht … Also …“

„Dass wir da weitermachen, wo wir in der Besenkammer aufgehört haben?“

Ich nickte und spürte, wie mir die Hitze ins Gesicht stieg. Ich war wirklich nicht gut in sowas.

„Bist du denn sicher, dass du das willst?“

Ich schluckte. Eigentlich hatte ich erwartet, dass Jared sofort über mich herfallen würde, sobald ich ihm die Erlaubnis dazu gab. Mit so viel Zurückhaltung hatte ich gar nicht gerechnet.

„Ganz sicher“, sagte ich. „Ich möchte wissen, wie es ist. Vielleicht lag es ja doch an Richard, dass es bisher nicht funktioniert hat.“

„Würde es deine Entscheidung beeinflussen, wenn ich dir anbiete, dich in Zukunft nicht mehr zu bedrängen, falls wir es nicht tun?“

Sprachlos sah ich ihn an.

„Ich will nicht, dass du mit mir schläfst, nur weil du Angst hast, dass ich dir nachstelle. Ich weiß, dass Norah das Gegenteil behauptet hat, aber ich kann ein Nein durchaus akzeptieren, wenn es ernst gemeint ist. Bei ihr hatte ich bisher nur nie das Gefühl, dass sie es wirklich ernst meinte.“

„Und bei mir?“

Jared strich mir sanft mit dem Finger über den Arm. Die Schmetterlinge in meinem Bauch fingen nervös an zu flattern. „Ich kann nicht in dich hineinsehen“, stellte er fest. „Mein Instinkt sagt mir, dass du mich genauso sehr willst wie ich dich. Aber mein Verstand rät mir, dass ich diese Einschätzung besser dir überlassen sollte.“

Sein Blick war so eindringlich, dass er mir eine Gänsehaut verursachte. Mit einem solchen Angebot hatte ich nicht gerechnet. Wenn er versprach, mich in Zukunft nicht mehr zu umwerben, änderte das alles, und gleichzeitig nichts.

Denn jetzt gerade wurde mir klar, dass ich wirklich mit ihm schlafen *wollte.* Ich tat es nicht nur, um ihn loszuwerden, sondern es war tatsächlich etwas, das ich mir von ganzem Herzen wünschte. Die Erkenntnis raubte mir den Atem.

„Also?“, fragte Jared. „Was möchtest du?“ Seine Stimme war heiser. Er begehrte mich. Das war offensichtlich. Und trotzdem gab er mir die freie Wahl.

„Dich“, sagte ich. „Ich möchte dich.“

Jared nickte und holte dann etwas aus einer Schublade neben seinem Bett.

„Was ist das?“, fragte ich, als er es hinter seinem Rücken versteckte.

„Lass dich überraschen.“

Er beugte sich zu mir vor und drückte mich behutsam aufs Bett. „Ich werde nichts tun, was du nicht möchtest“, versprach er. „Du kannst jederzeit `Stopp´ sagen.“

Ich nickte.

Ganz sanft strich Jared mir mit den Fingern über die Stirn und schloss meine Lider. „Die Augen bleiben zu", befahl er.

Ich gehorchte und war ehrlich überrascht, als etwas Weiches meinen Arm hinaufglitt. Es fühlte sich an wie … Federn? Meine Haut kribbelte unter der Berührung, als Jared den Gegenstand meinen Hals entlang führte, bis über meine Wangen. Dann über die Stirn, über meinen Mund und auf der anderen Seite wieder hinunter. Doch dieses Mal wanderte er nicht meinen Arm hinab, sondern über mein Schlüsselbein, bis hin zu meinen Brüsten. Meine Brustwarzen richteten sich auf, als ich die Federn durch den Satinstoff hindurch spürte. Erst auf der linken Seite und dann auf der rechten. Jared führte das Spielzeug weiter meinen Bauch hinunter und ich spürte, dass er näher an mich heranrückte.

„Jared", keuchte ich, als er mein Nachthemd nach oben schob. Sofort pochte es wieder zwischen meinen Beinen und das Verlangen, das ich im Club verspürt hatte, kehrte mit voller Wucht zurück.

„Ja, Mary? Soll ich aufhören?"

Schnell schüttelte ich den Kopf. „Nein. Bloß nicht aufhören. Auf keinen Fall."

Die Federn umschmeichelten meine Oberschenkel und ich schnappte nach Luft, als Jareds Lippen durch den Stoff hindurch meine Brustwarze berührten. Hitze schoss durch meinen Körper, als er sie in den Mund nahm und vorsichtig daran saugte.

„Oh Gott", keuchte ich. „Ich … ich will …"

„Ja, Mary? Was willst du?" Seine Stimme bebte,

aber er schien sich voll und ganz unter Kontrolle zu haben. Falls ich jetzt `Stopp´ sagen würde, konnte er das Ganze jederzeit beenden. Diese Gewissheit gab mir Sicherheit und brachte mich dazu, mehr zu fordern anstatt weniger.

Ich öffnete die Augen. „Küss mich", bat ich und streckte die Arme nach ihm aus. „Küss mich und fass mich an. Bitte. Ich will dich endlich spüren."

Jared zögerte nicht. Er schmiss den Federkitzler zur Seite und kam zu mir. Mit hungrigem Blick beugte er sich herunter und küsste mich so leidenschaftlich, als ob es kein Morgen gäbe. Dabei presste er sich mit einer solchen Gier an mich, dass es mir den Atem raubte.

Ohne darüber nachzudenken erwiderte ich seine Küsse. Ich biss ihm in die Unterlippe, krallte meine Finger in sein Haar und kratzte ihm über den Rücken. Währenddessen spürte ich, wie seine Erektion immer wieder gegen meine Mitte drückte und ich mit jedem Mal feuchter wurde. Plötzlich ungeduldig geworden, zog ich an dem Stoff, der seinen Leib noch von meinem trennte. Jared half mir und brauchte nur eine Sekunde, um sich von seinen Boxershorts zu befreien. Sofort griff ich zwischen uns und registrierte mit Genugtuung, wie Jared die Luft einsog, als ich anfing, ihn zu streicheln.

Erwartungsvoll reckte sich seine Erektion mir entgegen und ich war überrascht, dass mir der Anblick keine Angst machte. Er hatte sein bestes Stück nicht komplett tätowieren lassen, aber ein Teil seines Schaftes war definitiv betroffen, sodass die Verzierung langsam in die natürliche Spitze auslief. Es wirkte erotisch auf mich und überhaupt nicht abschreckend.

„Hast du die selber gemacht?“, fragte ich neugierig.

„So etwas kann man nicht selber machen“, erklärte Jared, und seine Stimme klang ein wenig gepresst. Offenbar kostete es ihn reichlich Beherrschung, ein Gespräch mit mir zu führen, während ich ihn so unverhohlen unter die Lupe nahm. „Angenehm war es natürlich nicht, aber … das ist diese Prüfung meiner Selbstbeherrschung, die du da gerade durchziehst, auch nicht.“

Ich lächelte und griff erneut nach ihm. Als Jared aufstöhnte, ermutigte mich das und ich begann, ihn zu streicheln. Er fühlte sich unglaublich gut an unter meinen Fingern und ich strich voller Entdeckungsdrang seinen Schaft auf und ab.

„Oh scheiße“, keuchte Jared und griff nach meiner Hand, um mich zu stoppen. „Ich würde sagen, jetzt bin ich wieder an der Reihe, bevor meine Selbstbeherrschung vollends flöten geht.“

Mein Puls beschleunigte sich rapide und ich schluckte. Jetzt wurde es also ernst. Jared drückte mich behutsam nach hinten, legte sich auf mich und küsste mich so zärtlich, dass mein Herz endgültig verrücktspielte.

Dann küsste er eine Spur meinen Hals entlang und glitt langsam mit seiner Wange an meinem Bauch hinunter. Ich hielt den Atem an.

„Gibt es etwas, das du besonders magst, Mary?“,

fragte Jared leise und knabberte ganz sanft an der Innenseite meines Oberschenkels.

„K ... keine Ahnung“, keuchte ich, weil Jareds Mund in diesem Moment meinen Slip erreichte und mich genau wie in der Besenkammer durch den Stoff liebkoste. „D ... das fühlt sich schon gar nicht schlecht an.“

Jareds gedämpftes Lachen klang an mein Ohr und ich drückte mir ein Kissen aufs Gesicht, um nicht laut zu stöhnen, als er meinen Kitzler bearbeitete.

„Das Kissen weg“, befahl Jared, als ihm klar wurde, was ich tat. „Sonst kann ich ja nicht wissen, ob ich auf dem richtigen Weg bin.“

Ich gehorchte widerwillig, legte das Kissen weg und krallte meine Finger in die Bettdecke unter mir. Aus dieser Position konnte ich gut sehen, wie Jareds rechter Arm unter meinen Hintern glitt und ihn leicht anhob, um mir den Slip auszuziehen.

Eine kleine Stimme in meinem Hinterkopf wollte `Stopp´ rufen, aber ich brachte sie zum Schweigen und konzentrierte mich ganz auf das Gefühl, wie Jared langsam den Slip über meine Beine streifte. Er zelebrierte es, als hätten wir alle Zeit der Welt, und schien es zu genießen, mich warten zu lassen. Erneut fuhr er dann mit seiner Wange mein Bein entlang, bis er wieder meine Mitte erreichte.

Als ich seine Zunge spürte, vergaß ich alles um mich herum und warf den Kopf in den Nacken. Ich kämpfte darum, mich zu beherrschen, aber als er mir die Hände wieder unter den Po schob und mein Becken an seinen Mund hob, schaffte ich es nicht mehr.

Ich keuchte auf und biss mir auf die Unterlippe, um nicht völlig vor Jared das Gesicht zu verlieren.

Währenddessen bearbeitete dieser mich weiter und umkreiste mit seiner Zunge unbarmherzig meine Perle. Ich hörte, wie auch er stöhnte, als mein Unterleib sich immer mehr zusammenzog, und seine Hände gruben sich fest in meinen Hintern.

„Bitte", keuchte ich, als er kurz innehielt, um meinen Oberschenkel mit kleinen Küssen zu übersäen.

„Ja, Mary? Was möchtest du?"

„Bitte … Mach … mach weiter. Ich muss … ich kann nicht …"

Ich konnte keinen klaren Gedanken mehr fassen und war froh, als Jareds Mund den Weg zurück zwischen meine Beine fand. Ich brauchte Erlösung von einer Qual, die ich nie zuvor gekannt hatte.

Er küsste und leckte meine Mitte so lange, bis ich es nicht mehr aushielt und mit einem lauten Schrei zum Orgasmus kam. In meinem Schoß zuckte es und ich war erleichtert, als Jared sich nicht von der Stelle rührte, sondern so lange wartete, bis die Wellen der Lust verebbt waren. Dann erhob er sich und legte sich neben mich.

Ich fühlte mich angenehm entspannt, wusste aber, dass wir noch lange nicht am Ende waren. Seine Erektion ragte zwischen uns empor und auf einmal schien mir der Gedanke, ihn in mir aufzunehmen gar nicht mehr so erschreckend.

„Alles in Ordnung?", fragte Jared und strich mir durchs Haar.

„Bestens", sagte ich und lächelte ihn an.

„Meinst du …"

„Auf jeden Fall", sagte ich, obwohl die Nervosität sofort wieder in mir aufstieg.

Jared zog ein Kondom aus seinem Portemonnaie, das auf dem Nachtschränkchen lag, und hielt es mir entgegen. „Willst du?"

Ich nickte. Es war zwar schon eine Weile her, dass ich ein Kondom abgerollt hatte, aber es gab Dinge, die man nicht so schnell verlernte. Ich zog es ihm über und freute mich, als Jared mir eine Tube Gleitgel in die Hand drückte. Dieser Mann dachte auch an alles.

Großzügig verteilte ich das Gel und bemerkte mit Genugtuung, wie Jared dabei immer unruhiger wurde.

Schließlich nahm er mir die Tube wieder ab und positionierte sich zwischen meinen Beinen. Ich war so nervös und erregt zugleich, dass ich glaubte, wahnsinnig zu werden. Plötzlich war mir jedes Stück Stoff zwischen uns zu viel.

„Zieh mir dieses Ding aus", keuchte ich.

Jared zögerte nicht, sondern zog mir das Negligé über den Kopf.

„Versuch dich zu entspannen", murmelte er rau, während er sich in Position brachte. Das war leichter gesagt als getan. Krampfhaft hielt ich den Atem an, als er langsam in mich eindrang.

Der plötzliche Schmerz ließ mich aufkeuchen. Ich zog Jared enger an mich, vergrub mein Gesicht an seinem Hals und krallte meine Fingernägel in seine Schulterblätter.

„Oh Gott, Mary“, stöhnte Jared. „Du bist so eng. Wie kann das sein? Bist du sicher, dass du keine Jungfrau mehr bist?“

Trotz der intimen Situation musste ich lachen. „Ganz sicher“, sagte ich. „Du kannst nicht behaupten, ich hätte dich nicht gewarnt.“

„Geht es denn? Ich meine ... Soll ich wirklich weitermachen?“

Schnell nickte ich. Das Schlimmste hatten wir schon geschafft. Zumindest fast. Da sollte er es bloß nicht wagen, jetzt aufzuhören.

Jared löste ganz vorsichtig meine Hände von seinem Hals und legte sie auf seinen Hintern. Er war muskulös und fühlte sich unglaublich gut an.

„Wenn es weh tut, dann beiß mich ruhig“, bat Jared. „Ich will, dass du die volle Kontrolle behältst und mich steuerst, Mary. Wenn du zudrückst, mache ich weiter. Wenn nicht, rühre ich mich den Rest des Abends nicht mehr von der Stelle.“

Ich nickte atemlos und fragte mich, ob er das ernst meinte. Entschlossen genug erschien er mir.

„Okay“, flüsterte ich. Dann schob ich ihn weiter in mich hinein.

Das Gefühl, das mich durchfuhr, war eine Mischung aus Schmerz und Lust, wobei die Lust eindeutig überwog. Ich hatte nie verstehen können, was manche Menschen daran erotisch fanden, sich auspeitschen zu lassen ... aber jetzt gerade hatte ich Verständnis dafür, dass Schmerz und Lust nah beieinanderliegen konnten. Als Jared sich aufrichten wollte, klammerte ich mich an ihn.

„Nicht aufhören“, bat ich und schlang die Beine um seine Hüften, um ihn wieder an mich zu ziehen. Mit einem Ruck schob ich ihn vollends in mich hinein und genoss das Gefühl, ihm derart nahe zu sein.

„Scheiße“, stöhnte Jared. „Du bringst mich um.“

Ganz vorsichtig ließ er seine Hüften kreisen und liebkoste gleichzeitig mit den Lippen meinen Hals und meine Brüste. Wir waren schon sehr viel weiter gekommen, als ich es für möglich gehalten hätte. Die meisten Männer gaben bereits auf, wenn es darum ging, mich vorzubereiten. Jared hingegen schien es zu lieben, mich zu verwöhnen, und hatte offenbar keine Probleme damit, seine eigenen Wünsche zurückzustellen, um mich glücklich zu machen.

Als seine Hand zwischen unsere Körper glitt und anfing, meine Perle zu massieren, biss ich ihm in den Hals, um nicht zu schreien. Er ließ zu, dass ich ihn dirigierte, und bewegte sich genau so, wie ich es durch den Druck an seinem Hintern vorgab. Langsam zog er sich etwas zurück und drang wieder in mich ein, bis wir einen guten Rhythmus fanden. Dabei massierte er meine empfindlichste Stelle so gekonnt, dass ich meinte, jeden Moment innerlich verbrennen zu müssen. Ich konnte mir nicht vorstellen, so schnell schon wieder zum Orgasmus kommen zu können, aber mit Jared schien alles möglich zu sein. Allmählich wurden auch seine Bewegungen drängender und ich merkte, wie viel Beherrschung es ihn kostete, sich zurückzuhalten.

„Komm, Mary“, beschwor er mich. „Komm mit mir. Lange halte ich das nicht mehr aus.“

Die Verzweiflung in seiner Stimme, die mir noch stärker verdeutlichte, welch süße Qualen er meinetwegen durchstehen musste, ließ meine eigene Lust weiter anschwellen. Ich drückte mich noch näher an ihn und schrie laut, als ich den Gipfel erreichte und die Glücksgefühle über mich hereinbrachen. Jared stöhnte auf, als es zwischen meinen Beinen zuckte und ich spürte seine Erleichterung, als er noch einmal kräftig zustieß und ebenfalls zum Orgasmus kam.

Mein ganzer Körper kribbelte vor Lust und ich fühlte eine Mischung aus Euphorie und Erschöpfung, die ich niemals zuvor erlebt hatte. Schwer atmend lag Jared auf mir, während unsere Herzschläge sich langsam wieder beruhigten. Als er sich erheben wollte, hielt ich ihn fest umklammert und hinderte ihn so daran, sich zurückzuziehen.

„Mary. Ich erdrücke dich doch", protestierte er.

„Du bist nicht schwer", versicherte ich ihm. Ich brauchte seine Nähe jetzt und war nicht gewillt, ihn einfach so gehen zu lassen.

Jared lachte. „Im Vergleich zu einem Elefanten vielleicht nicht. Aber im Vergleich zu dir bin ich ein Klotz."

„Du wolltest doch, dass ich dir sage, was ich will", sagte ich und blickte ihn ernst an. „Ich will, dass du dich wieder hinlegst und noch eine Weile bei mir bleibst. Und wenn es nur für eine Minute ist."

Jared erwiderte meinen Blick und nickte dann. Vermutlich war auch ihm klar, dass ich unser Zusammensein absichtlich in die Länge zog. Sobald wir uns trennten, würde ich zurück in Angelos Zimmer gehen und morgen wäre der ganze Spuk wieder vorbei. Ein Teil von mir war erleichtert darüber, aber ein anderer fühlte eine nicht enden wollende Traurigkeit.

Jared legte sich wieder auf mich, achtete aber darauf, dass er den Großteil seines Gewichts mit den Armen abfing. Bequem war das sicher nicht, aber einem so trainierten Mann wie ihm, sollte es eigentlich nichts ausmachen. Ich schlang die Arme um seine Brust und drückte mich an ihn.

„Danke", flüsterte ich und atmete noch einmal den angenehmen Geruch seiner Haut ein. Was immer noch kommen mochte. Diesen Abend würde ich bestimmt nicht so schnell vergessen.

***

Ein paar Minuten später hatte Jared scheinbar beschlossen, dass ihm die Position zu anstrengend wurde, denn er küsste mich auf die Lippen, zog sich aus mir zurück und rollte sich von mir herunter. Aus seinem Nachtschränkchen kramte er ein Kleenex hervor und reichte es mir, damit ich mich säubern konnte. Als ich damit fertig war, sah ich ein, dass es langsam Zeit wurde zu gehen. Schweren Herzens nahm ich mein Nachthemd und stand auf.

Zu meiner Überraschung griff Jared nach meinem Handgelenk und hielt mich fest. „Wo willst du denn hin?"

„Äh … In mein Zimmer. Wir haben doch jetzt … Ich dachte …"

„Willst du wirklich einfach so gehen?“

Schnell schüttelte ich den Kopf.

„Dann bleib“, bat Jared und streckte die Arme nach mir aus.

Ohne darüber nachzudenken, welche Konsequenzen diese Entscheidung haben könnte, ließ ich mich von Jared zurück ins Bett ziehen und kuschelte mich an seine Brust.

„Will sich einfach davonschleichen wie ein Dieb“, murmelte Jared in mein kurzes Haar. „Da komme ich mir ja vor, als hätte ich dich geschändet.“

„Nein“, widersprach ich. „Ich wollte mich nicht davonschleichen. Ich dachte nur …“ Ich verstummte. Ich wusste selbst nicht genau, was ich gedacht hatte.

Jared gab mir einen Kuss in den Nacken. „Es tut mir leid, dass ich dir wehgetan habe.“

„Das ist nicht schlimm“, beharrte ich. „Es war wirklich schön und tausend Mal besser, als ich erwartet hatte. Dass es wehgetan hat, lag nicht an dir. Ich bin es, bei der etwas nicht stimmt.“

„Rede dir sowas nicht ein, Mary. Du bist genau richtig. Du hast doch gesagt, mit der Zeit wird es besser, oder?“

„Ja, schon. Wenn ich regelmäßigen Sex habe, scheint mein Körper sich daran zu gewöhnen und es hört auf zu schmerzen. Nur leider hatten die wenigsten Männer die Geduld, Rücksicht zu nehmen, bis es so weit war.“

„Na dann ist doch alles gut und wir versuchen es einfach morgen wieder.“

Ich fühlte, wie mir die Kinnlade runterklappte.

„Natürlich nur, wenn du möchtest", ruderte Jared zurück, als er meine Verwirrung sah.

„Ich … Äh … Natürlich möchte ich. Aber … Ich dachte, du schläfst kein zweites Mal mit ein und derselben Frau."

Jared lachte. „Wer hat das erzählt? Norah?"

Ich nickte und wich seinem Blick aus.

„Ihr Mädels solltet nicht so viel tratschen." Er lächelte. „Sonst komme ich mir so vorhersehbar vor."

„Hat sie denn recht?", fragte ich.

Jared sah zu mir hinunter und strich mir über die Wange. „Nein", sagte er. „Es stimmt, dass ich schnell das Interesse verliere, wenn ich mein Ziel einmal erreicht habe. Aber du bist in vielerlei Hinsicht ein Sonderfall. Ob ich ein zweites Mal mit dir schlafen würde? Na selbstverständlich. Am liebsten jetzt sofort und auf der Stelle. Aber ich denke, dass es besser ist, damit bis morgen zu warten. Wir wollen dich schließlich nicht überfordern."

Ich lehnte meinen Kopf wieder an Jareds Brust und seufzte wohlig, als er mich enger an sich zog. Seine Haut roch so gut und ich fühlte mich angenehm erschöpft. Ich hätte nie erwartet, dass es mit Jared so schön sein könnte. Ob es klug war, mich auf ihn einzulassen? Nein. Das war es sicherlich nicht. Ob ich es trotzdem tun würde? Ja, verdammt. Das würde ich. Es war schließlich nicht das erste Mal, dass ich mit dem Feuer spielte.

11. Kapitel

Die Sonne kitzelte meine Haut, als sie ihren Weg an den dunklen Vorhängen vorbei in Jareds Zimmer fand. Ich fühlte mich angenehm erschöpft und genoss die Geborgenheit, die ich in den Decken verspürte und die Wärme an meiner Wange, die nur von einem anderen Menschen kommen konnte.

„Guten Morgen, Süße", sagte Jared und ich öffnete langsam die Augen.

Ich lag genau auf Jareds Brust und genau vor meiner Nase sah ich das Abbild eines schwarzen Panthers, der mir seine Krallen entgegenstreckte.

„Gut geschlafen?"

Ich blinzelte. „Wunderbar", sagte ich und protestierte nicht, als Jared mir mit der Hand durchs Haar strich. „Und selber?"

„Besser als erwartet", gab er zu. „Ich glaube, beim letzten Mal, als ich eine komplette Nacht mit einer Frau verbracht habe, war ich acht und bin nach einem Albtraum ins Bett meiner Mutter gekrabbelt."

Neugierig sah ich ihn an. „Wie ist sie so? Deine Mutter? Angelo hat mir erzählt, dass du den Wagen von ihr bekommen hast, aber ihn kaum benutzt. Warum nicht?"

Jared hielt in seiner Bewegung inne, als müsste er darüber nachdenken, ob er mir von seinen Eltern erzählen sollte oder nicht. Aber dann machte er mit seinen Liebkosungen weiter.

„Ich habe mich schon vor Jahren mit meinen Eltern zerstritten", sagte er.

„Weil du bisexuell bist?“

Überrascht zog Jared die Augenbrauen nach oben „Gut kombiniert. Das muss man dir lassen.“

Ich biss mir auf die Zunge und ärgerte mich über mich selbst. Warum hatte ich das nur gesagt? Konnte ich ihn nicht einfach mal reden lassen?

„Du hast recht. Meine Eltern sind ziemliche Snobs. Sie kamen nicht damit klar, dass ich bisexuell bin. Als ich neunzehn war, habe ich mich in einen Jungen aus der Nachbarschaft verguckt. Wir wollten eine Beziehung führen, aber unsere Eltern waren dagegen. Mein Vater stellte mich vor die Wahl. Entweder trennte ich mich von dem Jungen, oder er würde mich enterben. Als Banker war es ihm wohl ziemlich peinlich, eine Schwuchtel als Sohn zu haben.“

„Lass mich raten. Du hast dich für die Enterbung entschieden.“

Er nickte. „Es geht nicht darum, dass ich Frauen nicht mag. Spätestens seit gestern weißt du wohl hoffentlich, dass das nicht stimmt. Aber … ich wollte mir einfach nicht vorschreiben lassen, mit wem ich zusammen sein darf.“

„Ja. Das kann ich verstehen“, gab ich zu. „Was ist aus dem Jungen geworden?“

„Wir wollten zusammen wegrennen. Doch als ich zu dem Treffpunkt kam, war er nicht da. Er hatte sich gegen mich entschieden. Aber das war vielleicht auch besser so.“

„Du bist trotzdem nicht zurück nach Hause?“

Er schüttelte den Kopf. „Nein. Ich bin weg und habe mich ein paar Monate so durchgeschlagen. Ich sah damals älter aus als ich war und habe, bis ich volljährig war, illegal einem Schwulenclub als Tänzer gearbeitet."

„Und deine Eltern? Haben sie nicht nach dir gesucht?"

Jared zuckte mit den Schultern. „Meine Mutter schon. Sie hat mich auch gefunden und besteht seither darauf, mich finanziell zu unterstützen. Ich habe ihr gesagt, dass ich ihr Geld nicht will, aber davon will sie nichts hören. Sie gibt sich Mühe, den Kontakt zu halten, aber es fällt ihr immer noch schwer, mit meinem Lebensstil klarzukommen. Vor ein paar Jahren habe ich mich mit ihr getroffen und sie wäre fast in Ohnmacht gefallen, als sie meine Tattoos gesehen hat. Dabei sollte sie den Anblick von Tattoos eigentlich gewohnt sein. Sie ist Professorin an der Universität in Washington, und Studenten sind doch bekanntlich die Schlimmsten."

„Das mit deinen Eltern tut mir leid", erklärte ich. „Falls es dich tröstet … Ich habe zu meinem Vater auch keinen Kontakt mehr."

„Ach ja? Und woran lag es bei dir?"

Ich zögerte und sah auf meine Fingernägel, als könnten sie mir die Antwort auf diese Frage geben, aber sie waren genauso kurz und schmucklos wie eh und je. Ich hasste es über meine Eltern zu reden, aber wenn Jared über seinen Schatten gesprungen war, dann konnte ich das wohl auch.

Ich seufzte. „Meine Mutter war Krankenschwester, aber hat meinetwegen nur halbtags gearbeitet. Angelo ist damals viel bei uns gewesen, weil es bei meiner Mom regelmäßige Mahlzeiten gab. Außerdem haben ihn seine Schwestern genervt, weil die ihn ständig wie eine Barbiepuppe behandelten."

Jareds Brust vibrierte unter meiner Wange, als er lachte. „Aha. Daher hat er das also. Was ist dann passiert?"

„Meine Mom wurde krank, als ich vierzehn war. Ein Hirntumor. Man versuchte ein paar Mal zu operieren und machte eine Chemotherapie bei ihr. Am Anfang hatten mein Dad und ich noch Hoffnungen, aber nach einem halben Jahr wurde meine Mutter immer schwächer und irgendwann mussten wir einsehen, dass sie es nicht schaffen würde. Es hat allerdings noch Monate gedauert bis …"

Bis sie gestorben ist, fügte ich in Gedanken hinzu und sah wieder auf meine Finger.

„Mein Dad hat sich, sobald er Gewissheit hatte, immer weiter zurückgezogen", setzte ich neu an. „Er hat sich nur noch auf seinen Job beim Bau konzentriert, und ist kaum noch nach Hause gekommen. Er musste so viel arbeiten, um die Pflegerin für meine Mutter zahlen zu können, aber ich hatte das Gefühl, das wäre nicht genug."

„Was hast du getan?"

„Ich habe selbst an ihrem Bett gesessen, wann immer ich konnte. Ich habe ihr vorgelesen, sie gewaschen und im Rollstuhl durch die Gegend gefahren. Selbst als sie mich nicht mehr erkannt hat, bin ich bei ihr geblieben."

„Und die Schule? Bist du dadurch nicht abgesackt?"

Ich malte mit dem Finger nachdenklich die Linien von Jareds Tattoo nach. „Ja. Schon", gab ich zu. „Die Schule war mir zu dieser Zeit nicht wichtig. Es war mir völlig egal, dass ich mir durch meine Gleichgültigkeit die Zukunft verbaute. Angelo hat damals versucht, mit mir zu reden, als ich immer öfter die Schule schwänzte, aber ich wollte nicht auf ihn hören."

Bei der Erinnerung daran, bekam ich ein schlechtes Gewissen. Angelo hatte mir damals nur helfen wollen, aber ich hatte ihn von mir gestoßen und ihn nicht mehr an mich herangelassen. Genauso wenig wie meine anderen Freunde. Alles, was mich von meiner Mutter ablenkte, hatte mich gestört, und so war ich innerhalb kurzer Zeit sehr einsam geworden.

„Eigentlich wollte ich immer Sozialarbeiterin werden, aber meine Noten waren zu schlecht. Ich habe die Highschool zwar geschafft, aber für die Uni hat es nicht gereicht." Ich atmete einmal tief durch und kehrte dann zum Ursprungsthema zurück.

„Nach Moms Tod fiel mein Vater in ein tiefes Loch. Er ging nicht mehr arbeiten, sondern betrank sich den ganzen Tag. Dadurch konnten wir uns das Haus nicht mehr leisten und mussten wegziehen. Das gehört zu den Dingen, die ich ihm nie verziehen habe. Vielleicht hätte ich es geschafft, mich wieder zu fangen, wenn ich in der Nähe von Angelo und meinen alten Freunden geblieben wäre. So jedoch …" Ich machte eine Pause. „So bin ich an Richard geraten."

„Dein Exfreund?", fragte Jared und ich war überrascht, als ich den bedrohlichen Unterton in seiner Stimme wahrnahm.

„Anfangs war Richard gar nicht so übel", räumte ich ein. „Er war lieb zu mir und hat mir die Nähe gegeben, die ich brauchte. Erst, als wir intimer wurden, fingen die Probleme an."

„Tut mir leid, Mary. Aber diesen Kerl würde ich am liebsten ungespitzt in den Boden rammen."

Ich lächelte schwach. Schade, dass ich Jared nicht damals schon gekannt hatte. Sicher hätte er es besser geschafft, mir über den Verlust meiner Mutter hinweg zu helfen.

„Was für ein Arschloch", schimpfte Jared weiter. „Du nimmst also schon Drogen, seitdem du sechzehn bist?"

„Siebzehn", korrigierte ich. „Anfangs bin ich noch ohne klargekommen und in den nächsten Jahren habe ich auch nur sporadisch was genommen. Hasch. Koks. Das Zeug, was die meisten irgendwann mal ausprobieren. Aber irgendwann habe ich die Kontrolle verloren und mein Dad hat es noch nicht einmal gemerkt. Ihm ist erst klargeworden, wie schlimm es um mich steht, als ich mit einer Überdosis im Krankenhaus gelandet bin. Das hat ihn wohl wachgerüttelt. Er hat alles dafür getan, dass ich in die Entzugsklinik konnte und sich ziemlich stark dafür verschuldet. Aber diese Geste kam meiner Meinung nach zu spät."

„Hat er denn versucht, mit dir in Kontakt zu treten?"

„Er hat mich einmal in der Klinik besucht, aber ich wollte ihn nicht sehen. Er war damals nicht da, also will ich auch jetzt nichts mit ihm zu tun haben."

Nachdenklich sah Jared mich an. „Vielleicht würde es dir ja ganz gut tun, nochmal mit ihm zu reden. Möglicherweise hilft es dir bei der Genesung. Ich kann mir vorstellen, dass es immer noch schwierig für dich sein muss."

Meine Hände verkrampften sich, als er das sagte. Einen Moment überlegte ich, ob ich Jared von dem Umschlag erzählen sollte, der im Club in meinem Spind lag, aber dann entschied ich mich dagegen. Es gab Dinge, die ich einfach niemandem erzählen wollte.

„Musst du heute gar nicht ins Tattoostudio?", fragte ich, um das Thema zu wechseln.

Jared schaute auf die Uhr und fuhr hoch.

„Oh scheiße. Du hast recht. Ich bin total spät dran. Matt bekommt doch heute ein Tattoo von mir."

Er sprang auf und fing an, seine Kleidung zusammenzusuchen.

„Matt?", fragte ich irritiert. „Dein Kollege?"

„Genau. Du weißt schon. Firecracker."

Ich nickte. Das war der Kerl, der mich gestern gegen Rick verteidigen wollte.

„Na dann bestell ihm mal liebe Grüße."

„Mach ich", versprach Jared. Dann beugte er sich noch einmal zu mir hinunter und drückte mir einen Kuss auf den Mund. „Ich kann es kaum erwarten, dich heute Abend wieder für mich zu haben. Mach dich schon mal auf was gefasst."

Dann war er verschwunden und ich ließ mich grinsend in die Kissen zurücksinken. Ich konnte es auch kaum erwarten.

12. Kapitel

Die nächsten Tage waren die wahrscheinlich schönsten in meinem Leben. Jared hielt sein Versprechen und verbrachte so viel Zeit mit mir wie möglich. Wir gingen zusammen im Meer schwimmen, er zeigte mir das Tattoostudio, ich begleitete ihn auf meinen Inlinern zum Joggen und er half mir beim Kochen. Ich war zwar auch keine Meisterin in dieser Kunst, aber zumindest konnte man das, was ich fabrizierte, essen.

Er behandelte mich tagsüber wie seine beste Freundin, bei der Arbeit wie eine gute Kollegin und nach der Arbeit … wie eine Göttin. Im Gegensatz zu Richard schien es ihn überhaupt nicht zu stören, dass er mich für den Sex erst gründlich vorbereiten musste. Offensichtlich hatte er sogar Spaß daran. Er verwöhnte mich mit seinen Händen und seinem Körper und liebte mich mit einer Inbrunst, die mich den Schmerz vollkommen vergessen ließ.

Wir schliefen immer wieder miteinander und konnten einfach nicht genug voneinander bekommen. Dabei taten wir es überall. Auf dem Teppich, auf dem Sofa, auf dem Küchentisch und auf der Terrasse. Und zwar so lange, bis es irgendwann plötzlich nicht mehr wehtat.

Die Erkenntnis, die mich überkam, als er in mich eindrang und ich nicht vor Schmerzen zusammenzuckte, brachte mich im ersten Moment völlig aus der Fassung. Ich versteifte mich und wusste gar nicht mehr, was ich machen sollte.

„Mary?“, fragte Jared, als er meine Anspannung bemerkte. „Alles in Ordnung? War ich zu schnell? War ich …“

Er wollte sich schon zurückziehen, aber ich schüttelte den Kopf. „Nein, ich …“

Ich biss mir auf die Lippe und wich seinem Blick aus. Wie würde er reagieren, wenn ich ihm die Wahrheit sagte? Sein Verhalten mir gegenüber hatte sich so schnell gewandelt, als er erfahren hatte, dass ich ungern Sex hatte. Würde es nun wieder ins Gegenteil umschlagen, sobald ich ihm sagte, dass ich keine Schmerzen mehr spürte? Dass es keine Herausforderung mehr war?

„Hey, Kleines. Was ist los?“

Jareds Stimme klang so einfühlsam, dass es mir die Kehle zuschnürte. Nie reagierte er im Bett ungeduldig oder genervt. Es war, als gäbe es für ihn nichts Wichtigeres als meine Erfüllung. Ich hatte schreckliche Angst, dass sich das ändern würde, sobald …

„Ist es nicht schrecklich für dich, dass du dich immer so zurückhalten musst?“, fragte ich ihn, weil ich nicht wusste, wie ich das Thema anschneiden sollte.

Jared schüttelte den Kopf. Er beugte sich vor und raunte in mein Ohr: „Darüber brauchst du dir keine Sorgen zu machen. Das macht das Ganze doch erst richtig interessant.“

Ich biss mir auf die Zunge. Es war also tatsächlich so, wie ich befürchtet hatte. Was ihn an mir reizte, war vor allem die Herausforderung.

„Außerdem ist es ja nicht so, dass ich mich die ganze Zeit zurückhalten muss, oder spürst du jetzt gerade Schmerzen?"

„Nein", sagte ich wahrheitsgemäß.

Jared ließ sich tiefer in mich hineingleiten und stieß dann kräftig zu. Ich keuchte auf, als die Lust mich erfasste.

„Jetzt?", fragte er.

„Nein", keuchte ich. „Mach … mach einfach weiter."

Egal, aus welchen Gründen Jared mich bei sich haben wollte, ich war nicht bereit, ihn einfach von mir zu stoßen. Solange ich ihn haben konnte, wollte ich das Zusammensein mit ihm genießen.

Immer schneller kamen seine Stöße und ich genoss jeden einzelnen davon. Ich ließ mich von ihm mitreißen und nahm alles an, was er mir geben konnte. Ich sah, wie Jareds Muskeln arbeiteten, spürte seine Männlichkeit in mir und schrie auf, als meine eigene Anspannung sich in einem heftigen Orgasmus entlud.

Als Jared mir kurz darauf folgte und ich die Wärme zwischen meinen Beinen fühlte, hätte ich am liebsten vor Glück geweint. Jared sank auf mich nieder und ich klammerte mich so fest an ihn, wie ich nur konnte.

Ich will dich nicht verlieren, dachte ich, traute mich aber nicht, es zu sagen.

„Das war unglaublich", sagte ich stattdessen. „Nächstes Mal revanchiere ich mich dafür. Versprochen."

Jared fuhr durch mein kurzes Haar und grinste. „Keine Versprechungen, weißt du noch?“, fragte er neckend. „Aber das Angebot nehme ich natürlich trotzdem gerne an.“

Ich gab mir Mühe sein Lächeln zu erwidern, obwohl mein Hochgefühl auf einen Schlag abgeflaut war. *Keine Versprechungen*. Plötzlich hatte ich einen Kloß im Hals und musste mich räuspern, um wieder sprechen zu können.

„Ich bin jederzeit bereit“, sagte ich, in dem Versuch, die Leichtigkeit der Situation zurückzubekommen.“Es liegt also nur an dir.“

„Gib mir ... fünf Minuten“, sagte Jared, der meinen Stimmungsumschwung gar nicht bemerkt hatte. „Na gut. Sagen wir zehn.“

Er zwinkerte mir zu und ich gab ihm einen Klaps auf den Hintern.

„Angeber“, sagte ich. „Du bist unverbesserlich.“

„Unverbesserlich toll.“

Er rollte sich von mir herunter und zog mich dann in seine Arme. Ich nahm seine Nähe dankbar an, fühlte aber gleichzeitig einen dumpfen Schmerz in meiner Brust, der immer schlimmer zu werden schien. Ich hatte mich schon viel zu sehr an Jared gewöhnt. An einen Mann, der sich nicht binden wollte, und es vielleicht auch gar nicht konnte.

Ich hatte mich in Jared verliebt und es war offensichtlich, dass er diese Gefühle nicht erwiderte.

***

„Richard. Nein. Bitte. Ich kann heute nicht."

„Aber warum denn nicht? Was ist denn nun schon wieder los?"

„Ich hab einen schweren Tag hinter mir. In der Schule lief es nicht so gut und mein Dad hat sich wieder mal nicht blicken lassen. Ich bin einfach nicht in Stimmung."

„Na super. Wenn wir es nicht machen, bist du nachher wieder zugeschnürt wie eine Jungfrau."

Ich sah Richard an. Der Vorwurf in seiner Stimme war eindeutig. Mit seinen einundzwanzig Jahren war er vier Jahre älter als ich und Sex gehörte für ihn zu einer Beziehung einfach dazu. Das verstand ich ja auch. Sex war ein Bestandteil einer Liebesbeziehung, aber er war doch nicht alles, verdammt nochmal.

„Komm schon, Mary. Jetzt stell dich nicht so an."

Richard drückte sich von hinten an mich, und ich spürte seine Härte an meinem Rücken. Das Gefühl machte mir Angst. Ich zuckte zusammen, als er seine Hände auf mich legte und anfing, meine Brüste zu begrapschen. Normalerweise mochte ich es, wenn er mich anfasste, aber jetzt gerade ging es einfach nicht. Ich war erschöpft von der Schule und emotional ausgelaugt, weil sich der Tod meiner Mutter wieder einmal gejährt hatte. Ich wollte einfach nur kuscheln und das Gefühl haben, geliebt zu werden.

„Ich kann nicht, Richard", sagte ich. „Bitte. Heute nicht. Vielleicht morgen wieder, ja?"

„Mary. In einer Beziehung ist das ein Geben und Nehmen. Ich nehme ständig Rücksicht auf dich. Da wird es doch mal Zeit, dass du mir etwas zurückgibst."

Ich schluckte und protestierte, als er mir die Hose nach unten riss. Normalerweise war er nicht so grob. Er hatte zwar nie viel Geduld, aber für gewöhnlich war er zumindest bereit, ein Vorspiel zu machen, bevor er in mich eindrang.

„Bitte warte", sagte ich. „Soll … Soll ich es dir mit dem Mund machen? Das wäre okay. Das mache ich wohl. Aber kein Sex."

„Ich hab genug von dieser Blaserei", erklärte Richard. „Seitdem ich aus dem Urlaub zurück bin, ist es wieder schlimmer geworden mit dir. Willst du was nehmen? Ich hab noch was da?"

Ich schüttelte den Kopf. Ich konnte doch nicht jedes Mal etwas nehmen, um mit ihm Sex zu haben. Ich hatte jetzt schon das Gefühl, dass ich es heillos übertrieb.

„Dann stell dich nicht so an, Mary. Schließ einfach die Augen und genieß es. Dann ist es gleich schon wieder vorbei."

Ich biss die Zähne zusammen und ballte die Fäuste. Natürlich hätte ich mich wehren können, aber im Grunde nahm er sich ja nur, was ihm zustand. Ich war seine Freundin und keine Jungfrau mehr. Da war es doch nur selbstverständlich, dass er mit mir schlafen konnte. Außerdem wollte ich ihn nicht verlieren. Ich hatte schon meine Mutter und in gewisser Weise auch meinen Vater verloren. Ich hatte kaum Freunde in dieser neuen Stadt und Richard war der Einzige, der mir nahe stand. Umso schlimmer war für mich sein Vertrauensmissbrauch.

Als er in mich eindrang, fühlte es sich an, als würde er mich aufspießen. Der Schmerz war heftiger als je zuvor und ich stieß einen spitzen Schrei aus. Sofort hielt Richard mir die Hand vor den Mund und machte weiter.

„Pssst", machte er. „Sonst hören uns die Nachbarn."

Ich schloss die Augen und fühlte, wie die Tränen meine Wangen hinunterrollten. Gleich ist es vorbei, redete ich mir zu. Gleich ist es wieder vorbei.

***

Ich erwachte schweißgebadet, als ich eine Erektion an meinem Hintern spürte. Panisch schrie ich auf und stieß den Mann von mir weg, der offenbar vorgehabt hatte, in mich einzudringen. Ich war noch immer gefangen in der Welt zwischen Traum und Realität und verstand gar nicht richtig, wen ich vor mir hatte.

„Geh weg", kreischte ich. „Geh weg."

Ich sprang aus dem Bett und umschlang mich mit dem Bettlaken.

„Mary …", sagte Jared völlig verwirrt und streckte eine Hand nach mir aus. „Was …?"

„Fass mich nicht an. Wag es ja nicht, mich anzufassen."

„Was hab ich denn getan? Verdammt Mary. Was ist denn passiert?"

Ich schüttelte den Kopf und sah mich ängstlich nach einem Ausweg um. Jared stand auf, aber ich war schneller. Ich stürmte auf den Flur und hinüber in Angelos Zimmer. Dort verschloss ich die Tür, lehnte mich dagegen und fing hemmungslos an zu schluchzen.

Einen Moment später ertönte ein vorsichtiges Klopfen.

„Mary?", fragte Jared gedämpft.

„Lass mich in Ruhe“, rief ich zurück. Mir war klar, dass er nicht die Schuld an meinem Albtraum trug, aber ich war viel zu aufgelöst, um ihm das alles zu erklären.

„Mary. Können wir bitte darüber reden?“

„Ich kann das gerade nicht, Jared. Bitte. Wenn du irgendetwas für mich empfindest, dann lass mich einfach in Ruhe.“

Es war ungerecht, das von ihm zu verlangen, aber ich wusste keine andere Möglichkeit. Alles, was ich jetzt brauchte, war Abstand.

„Ist das dein Ernst?“ Seine Stimme hatte einen verärgerten Unterton angenommen. „Du erpresst mich?“

„Jared … ich …“

„So geht das nicht, Mary. Ich glaube nicht, dass ich es verdient habe, von dir so ausgeschlossen zu werden. Du wolltest doch, dass das zwischen uns enger wird. Also rede auch mit mir, verdammt nochmal.“

Tränen liefen meine Wangen herunter und ich schniefte. „Ich kann nicht. Geh einfach weg, Jared. Lass mich in Ruhe.“

Jareds Faust donnerte gegen meine Tür und ich schrak zusammen.

„Verdammt, Mary. Komm da raus“, schrie er. „Wir müssen doch darüber reden, wenn es Probleme gibt.“

„Wozu?“, schluchzte ich. „Bin ich nicht eh bloß ein Spielzeug, das du wegwirfst, sobald du keine Lust mehr darauf hast?“

Eine Weile war es still auf der anderen Seite. „So denkst du also über mich? Nach allem, was wir inzwischen miteinander erlebt haben, glaubst du immer noch, dass ich es nicht ernst meine?“

Ich antwortete nicht. Ich wusste nicht, was ich denken sollte. Der Traum hatte mich aufgewühlt und ich war einfach nur durcheinander.

Erst nach einer gefühlten Ewigkeit durchbrach Jared unser Schweigen. „Weißt du was? Das muss ich mir nicht geben“, sagte er, und es klang ungewohnt kalt. „Du kannst mich mal, Mary. Ich gehe. Ich dachte ja wirklich, dass das mit uns beiden funktionieren könnte, aber offensichtlich habe ich mich geirrt. Da bin ich alleine besser dran.“

Ich hörte, wie die Schritte sich entfernten und kurz darauf die Haustür zuknallte. Er war fort. Genau, wie ich es von ihm verlangt hatte. Ich hatte nur nicht damit gerechnet, dass es so sehr wehtun würde.

13. Kapitel

Noch nie war mir ein Tag so lang erschienen. Am Vormittag hatte ich einen Termin in der Klinik bei Schwester Anne, die mich davon überzeugen konnte, dass ich überreagiert hatte. Trotzdem fürchtete ich, dass Jared nicht an mir als Mensch interessiert war, sondern mich nur als Herausforderung ansah. Falls es anders war, dann sollte er das sagen. Es brachte aber nichts, mir weiter etwas vorzuspielen. Ich musste dringend mit ihm reden, aber das war gar nicht so einfach.

Er kam erst viel zu spät zur Arbeit und musste sofort in den Backstagebereich. Außerdem schien er immer noch aufgebracht zu sein und würdigte mich keines Blickes. Auf der Bühne schien er hoch konzentriert zu sein und beachtete mich gar nicht.

„Hey Mary. Ich rede mit dir", sagte Norah in diesem Moment und ich zuckte zusammen.

„Wie bitte? Tut mir leid. Was hast du denn gesagt?"

„Ich wollte von dir wissen, was los ist. Du hast schon zum zweiten Mal übersehen, dass eine Zuschauerin versucht hat, dich zu sich zu winken."

Ich schüttelte den Kopf. „Tut … tut mir leid. Ich stehe heute etwas neben mir."

„Ja. Das hab ich gemerkt. Versuch, dich mal besser zu konzentrieren. Die Arbeit ruft."

„Ja. Natürlich. Werde ich machen."

Schnell ging ich wieder zur Bar und machte mein Tablett voll. Doch als ich wieder bei den Tischen ankam, hätte ich es beinahe vor Schreck fallen lassen. Jared stand mitten im Publikum und hatte eine Frau angetanzt. Allerdings nicht irgendeine Frau, sondern Norah.

Es war das erste Mal, dass ich die beiden so nah zusammen sah und ich musste mir eingestehen, dass Jared in einem recht hatte: Norah wollte ihn. Egal, wie sehr sie versuchte, es abzustreiten. Ein Teil von ihr wünschte sich von ganzem Herzen, mit ihm ins Bett zu steigen und das sah man ihr auch deutlich an. Ihre Körpersprache war eindeutig. Sie wich seinen Bewegungen in keinster Weise aus, sondern nahm jede Art von Körperkontakt entgegen.

Als er sie umtanzte und ihre Hüften umfasste, glaubte ich vor lauter Eifersucht jeden Moment zerspringen zu müssen. Hätte er nicht irgendeine andere Frau antanzen können? Hier im Saal gab es doch wohl mehr als genug. Warum musste er ausgerechnet …

Ich sah, wie Jared sich zu Norah beugte und etwas in ihr Ohr sagte. Sofort hellte sich ihre Miene auf und sie strich mit der Hand über seine Brust. Bei dem Anblick wurde mir übel.

„Hallo? Miss?“, rief in diesem Moment eine Frau. „Könnte ich jetzt endlich mal mein Bier bekommen?“

Das riss mich aus meiner Erstarrung. Mit voller Wucht, ließ ich das Tablett auf den Tisch knallen, sodass ein Teil des Biers auf die Tischdecke schwappte. Dann drehte ich mich herum und ließ die empörten Gäste einfach zurück. Ich war so verzweifelt, dass ich überhaupt nicht mehr wusste, was ich tun sollte.

Tränen stiegen mir in die Augen und wie ferngesteuert lief ich in den Backstagebereich zu meinem Spind. Ich hatte Glück. Die Männer waren alle hinter der Bühne beschäftigt und Norah war vermutlich immer noch dabei, Jared zu betatschen. Ich zwang mich, das Denken auszuschalten und griff nach dem Umschlag. Früher hatte es mir auch immer geholfen. Standhaftigkeit war etwas für Leute, die sie sich leisten konnten.

„Mary?", rief in diesem Moment Norah. „Wo bleibst du denn? Die Gäste warten."

Ertappt fuhr ich herum und versteckte den Umschlag auf dem Rücken. „Ich mache Raucherpause", erklärte ich. „Das machst du doch auch andauernd."

„Schon. Aber … ich dachte eigentlich, du rauchst nicht."

„Tja. Man kann halt nicht alles über Leute wissen, nicht wahr?"

„Warum giftest du mich jetzt überhaupt so an?", fragte Norah irritiert. „Bist du etwa sauer, weil Jared mich angetanzt hat? Ich dachte, da läuft nichts zwischen euch."

„Da läuft auch nichts. Wieso? Hat er irgendwas über mich gesagt?

Norah wirkte verunsichert. „Er hat gesagt, dass er nach der Show noch dringend mit mir reden will. Ich … ich glaube, er hat das Interesse doch noch nicht verloren."

Natürlich nicht. Er hatte Norah ja auch noch nicht rumgekriegt. Ganz im Gegensatz zu mir.

„Sag mal. Was hast du da eigentlich hinter deinem Rücken?“, fragte Norah und machte einen Schritt auf mich zu.

Sofort wich ich zurück. „Das geht dich gar nichts an“, zischte ich. „Ich wünsche dir viel Glück mit Jared. Ich schätze, das wirst du brauchen.“

Dann quetschte ich mich an ihr vorbei und lief so schnell ich konnte in den Hinterhof.

***

„Mary? Hier steckst du. Ich habe dich schon überall gesucht.“

Ich brauchte nicht einmal aufzusehen, um zu wissen, dass es Jared war. Den Rest der Show hatte ich wie im Wachkoma zugebracht und fühlte mich jetzt, als würde ich vollkommen neben mir stehen. Sobald die letzten Gäste verschwunden waren, war ich wieder in den Hinterhof geflüchtet und hatte mich dort übergeben. Mir war immer noch übel von dem ganzen Desaster.

„Was willst du, Jared?“, fragte ich.

„Hör mal, Kleines. Es tut mir leid, dass wir uns gestritten haben. Ich wollte dir nur sagen, dass ich nachher noch weg muss, weil …“

„Weil du bei Norah schlafen wirst“, vervollständigte ich Jareds Satz. „Und warum glaubst du, dass mich das interessiert?“

Sofort verfinsterte sich Jareds Miene. „Was soll dieser Scheiß, Mary? Ich versuche mit dir zu reden und du …“

„Vielleicht will ich ja gar nicht reden", rief ich. „Nur, damit du es weißt: Du hast dein Ziel erreicht. Ich hatte gestern Nacht keine Schmerzen mehr beim Sex. Du hast deine Mission also erfolgreich erfüllt. Herzlichen Glückwunsch auch. Du bist ein toller Hecht. Jetzt kannst du dich also ruhigen Gewissens wieder Norah widmen, die ja offenbar immer noch total scharf auf dich ist."

„Du hattest keine Schmerzen mehr und hast mir das nicht gesagt? Aber warum denn nicht, verdammt nochmal?"

„Weil es doch jetzt eh vollkommen egal ist!", schrie ich. „Du … Ich … Dieser Job ... Angelo ... Das ist jetzt alles total egal."

Misstrauisch sah Jared mich an. „Was hast du getan?", fragte er.

In diesem Moment knallte die Hoftür auf und Mr. D kam aus dem Club gedonnert wie ein Nashorn, das alles auf seinem Weg niederwalzte.

„Wo ist sie?", schrie er.

Unwillkürlich duckte ich mich hinter Jared. Ob Norah mich bei ihm verpetzt hatte, weil ich einfach eine unangekündigte Pause gemacht hatte?

„Was ist los, Boss?", fragte Jared und stellte sich zwischen mich und seinen Chef, als wollte er mich beschützen.

„Du!", knurrte er und griff Jared am Shirt und zog ihn zu sich heran. „Es war abgemacht, dass du auf sie aufpasst. Warum muss ich dann nur wenige Tage später DAS hier in der Umkleide finden?"

Ich sah, wie Mr. D eine blutige Spritze aus der Tasche zog. Sofort wurde mir eiskalt. Das konnte doch unmöglich sein.

„Eine Spritze?", fragte Jared und sah unsicher zu mir. „Mary. Hast du etwa ...?"

Ich schüttelte hektisch den Kopf. „Nein. Wirklich nicht. Ich ..."

„Kann das nicht vielleicht ein Irrtum sein?", fragte Jared gedehnt.

„Norah hat genau gesehen, wie die Kleine was aus ihrem Spind geholt hat", sagte Mr. D kalt. „Wenig später finde ich eine benutzte Spritze in der Umkleidekabine. Mary ist die Einzige hier mit einer bekannten Drogenvergangenheit. Komischer Zufall, was?"

„Aber ... ich habe wirklich nicht ...", begann ich und wurde schroff unterbrochen.

„Steck dir deine Lügen sonst wohin", brüllte er und schmiss die Spritze auf den Boden. „Ich hab keine Lust mich verarschen zu lassen. Du hattest deine Chance. Also pack deine Sachen und geh. Und Jared. Du hast Glück, dass ich es mir nicht leisten kann, dich zu feuern. Aber dein Lohn bei der nächsten Sparkling Night ist restlos gestrichen."

Mit diesen Worten drehte Mr. D sich um und rauschte zurück in den Club. Jared wandte sich mir zu und ich konnte die Verwirrung deutlich in seinem Gesicht erkennen.

„Ist das wahr?", fragte er.

„Nein", beharrte ich und flehte ihn mit den Augen an, mir zu glauben. „Ich hab nichts genommen. Ich verstehe auch nicht, wo diese Spritze herkommt."

„Und was war dann in dem Umschlag, den Norah gesehen hat?"

Ich klappte den Mund auf, um etwas zu sagen, brachte aber keinen Ton hervor. Ich war einfach viel zu geschockt. Als Jared nach meinem Arm und meinen Ärmel nach oben schieben wollte, versuchte ich reflexartig, ihn zurückzuhalten, weil mir klar war, dass er mir überhaupt nichts mehr glauben würde, wenn er meinen Arm sah.

Doch Jared war schneller.

Er schob meinen Ärmel bis über die Armbeuge und ich erkannte die Ernüchterung in seinem Gesicht, als er das Pflaster darunter sah.

„Es ist nicht so, wie es aussieht", beeilte ich mich zu sagen.

Jared schob das Pflaster beiseite und gab die frische Einstichstelle frei.

Die Enttäuschung in seinem Blick war für mich kaum zu ertragen. „Mary. Zu lügen ist eine Sache, aber ich lasse mich ungern für dumm verkaufen."

Er schüttelte den Kopf und ließ mich los. Dann sah er auf seine Armbanduhr.

„Scheiße. Ich muss los. Aber dieses Thema ist noch nicht gegessen. Glaub bloß nicht, dass du mir einfach so davonkommst."

„Aber …"

„Nichts aber, Mary. Du brauchst Hilfe. Wirklich. Vermutlich hätte man dich noch gar nicht aus der Klinik entlassen dürfen."

Das saß. Jared hatte sich seine Meinung bereits gebildet und nichts, was ich sagte oder tat, würde daran etwas ändern. Die Beweise waren eindeutig. Was sollte ich also noch groß dazu sagen? Bevor ich ihn anflehen konnte, nicht zu gehen und mir wenigstens zuzuhören, war er bereits verschwunden und ich blieb alleine im Innenhof zurück.

14. Kapitel

Ich wusste nicht, wie lange ich schon im Hinterhof saß und weinte, als eine Hand mich bei der Schulter packte und heftig rüttelte.

„Mary", rief Matt, der genau vor mir stand und nur eine Jeans trug. „Scheiße. Was ist denn passiert?"

„Ich …" Ich wusste gar nicht, wo ich anfangen sollte. „Wurde … gefeuert … Spritzen … Jared … Norah … weg … Er …"

„Hey. Atmen nicht vergessen, klar?"

Ich gehorchte und atmete ein paarmal tief durch, bis ich das Gefühl hatte, wieder sprechen zu können.

„So", sagte Matt und sah mich an. „Jetzt nochmal von vorne. Was ist passiert?"

Ich schluckte und versuchte dann, die ganze Geschichte so gut wie möglich zusammenzufassen. Ich war froh, dass Matt mich kein einziges Mal unterbrach, bis ich mit meinem Bericht geendet hatte.

„Du hast die Spritze also nicht benutzt", sagte er schließlich, als ich fertig war.

„Nein", versicherte ich ihm. Die gehört nicht mir. Ich weiß noch nicht einmal, wo sie herkommt."

„Und was ist mit deinem Arm?" Ich legte aus alter Gewohnheit meine Hand über die Einstichstelle und zog meinen Ärmel wieder herunter. Mir war gar nicht aufgefallen, dass er noch oben gewesen war.

„Mir wurde Blut abgenommen", erklärte ich. „Ich war heute in der Klinik. Da muss ich jede Woche hin, damit ich nicht rückfällig werde. Blutuntersuchungen gehören zum Standardprogramm, damit sie nachprüfen können, ob ich wieder was genommen habe."

„Okay. Das klingt logisch. Und was ist mit dem Umschlag, den du vor Norah versteckt hast?"

Ich zögerte.

„Hey. Wenn du nicht ehrlich bist, kann ich dir nicht helfen", sagte Matt ernst. „Keine Angst. Ich werde dich sicher nicht verurteilen. Dafür hab ich selbst schon viel zu viel Scheiße mitgemacht."

Überrascht sah ich ihn an und mir wurde klar, dass ich ihn überhaupt nicht kannte und rein gar nichts über seine Vergangenheit wusste. Aber wenn es stimmte, dass er auch schon viel Mist erlebt hatte, konnte er mich vielleicht verstehen. Außerdem hatte er recht. Wenn ich ihm nicht die Wahrheit sagte, würde er mir nicht helfen können. Falls das überhaupt noch möglich war.

„Also gut." Ich zog den zerknickten Umschlag aus der Rocktasche und reichte ihn Matt. „Sieh selbst."

Matt runzelte die Stirn und fasste in den aufgerissen Umschlag. Hervor holte er einen schwarzen Kuli mit weißer Schrift. *Cooper* stand darauf, und darunter eine Telefonnummer.

„Was ist das?", fragte Matt irritiert.

„Das … ist die Telefonnummer von meinem Dad", erklärte ich. „Der Kuli stammt von seiner neuen Firma, die er im letzten Jahr eröffnet hat. Er hat ihn mir bei seinem letzten Besuch gegeben, damit ich seine neue Telefonnummer habe. Ich wollte davon nichts wissen und habe ihn einfach weggeworfen. Aber Schwester Anne hat ihn aus dem Müll gefischt und in diesen Umschlag getan. Seitdem trage ich ihn ungeöffnet mit mir herum. Ich hatte mir geschworen, ihn nie zu öffnen, weil ich so verdammt sauer auf meinen Vater war, aber vorhin, da hab ich ..."

„Du hast deinen Dad angerufen?", fragte Matt ungläubig. „All dieses Theater, nur weil du deinen Vater angerufen hast?"

Ich nickte. „Ich habe ihm gesagt, dass ich nach Hause will."

Matt rieb sich mit der Hand die Stirn, als könnte er es kaum glauben und seufzte dann. „Also gut. Ich glaube dir", sagte er. „Aber das reicht nicht. Wenn wir Mr. D überzeugen wollen, müssen wir herausfinden, wo diese verdammte Spritze herkommt. Wo ist sie überhaupt?"

„Ich glaube, sie liegt noch da vorne", sagte ich und zeigte in Richtung Tür. Ich hatte gesehen, wie Mr. D sie dort zu Boden gepfeffert hatte und niemand hatte sie bisher aufgehoben.

Jetzt nahm Matt sie hoch, betrachtete sie skeptisch und roch schließlich sogar daran. „Das ist kein Blut, sondern Farbe", stellte er fest. „Wenn der Boss und Jared sie mal näher betrachtet hätten, dann wäre ihnen das auch aufgefallen. Da will dich jemand reinreiten."

„Aber wer ...?" Norah vielleicht? Ich sprang auf.

„Ey. Jetzt warte doch mal", sagte Matt und hielt mich zurück. „Wo willst du denn hin?"

„Zu Norah", sagte ich. „Sie war von Anfang an eifersüchtig, weil Jared mehr Interesse an mir hatte als an ihr. Sie ist die einzige, die ein Motiv hat." Und außerdem musste ich unbedingt verhindern, dass Jared mit ihr in die Kiste stieg.

„Es sei denn, es gibt überhaupt kein Motiv“, wandte Matt ein.

Verständnislos sah ich ihn an. „Wie meinst du das?“

„Ich hab da so einen Verdacht. Komm mal mit.“

Er zog mich hinter sich her in den Club und dann in Richtung Umkleideraum, wo die Spritze angeblich gefunden worden war. Ich verstand zwar nicht, was wir hier wollten, gehorchte aber trotzdem.

Dort angekommen, trafen wir auf Troy, der den gesamten Inhalt seines Plastikarztkoffers auf dem Boden verteilt hatte. Rick stand neben ihm und lachte laut.

„Ich hab doch gleich gewusst, dass du nicht den Mumm hast, sowas mit in den Club zu bringen“, grölte er. „Große Klappe und nichts dahinter.“

„Aber sie war hier“, beharrte Troy und durchwühlte seine Sachen. „Wirklich. Ich hatte sie sogar richtig toll präpariert. Sie sah total echt aus.“

Ich wurde blass und musste mich an Matt festhalten, um nicht zu stürzen.

„Troy“, rief Matt.

„Häh?“

„Sag mal. Suchst du das hier?“

Matt hielt ihm die Spritze hin und Troy nahm sie so vorsichtig entgegen, als wäre es der Heilige Gral.

„Oh, ja“, sagte er. „Danke, danke, Matt. Wo hast du die bloß her?“

„Du Vollidiot“, schrie ich und Matt konnte mich

gerade noch zurückhalten, bevor ich dazu kam, mich auf Troy zu stürzen. „Deinetwegen bin ich gefeuert worden und Jared vergnügt sich jetzt irgendwo mit Norah. Du … du … du …“

Troy hielt sich schützend die Hände vors Gesicht, während er meine Schimpftirade über sich ergehen ließ.

„Mach mal halblang, Mary“, beschwichtigte mich Matt. „Das war doch nicht seine Schuld.“

„Ach verdammt. Das kann doch alles nicht wahr sein.“

„Ich finde es zwar lustig, wie du Dr. Feelgood hier zusammenstauchst“, stellte Rick mit einem zufriedenen Grinsen fest. „Aber in einem irrst du dich. Jared ist nicht mit Norah abgehauen.“

„Nicht?“ Ich war so irritiert, dass ich auf einmal sogar vergaß, wütend zu sein.

Rick schüttelte den Kopf. „Nee. Ich hab vorhin mitbekommen, wie die beiden sich unterhalten haben. Jared hat Norah an die Luft gesetzt. Hat irgendwas von Freundschaft gefaselt und so. Das hat Blondie wohl ganz schön von den Socken gehauen, denn sie ist danach so schnell abgedüst wie ne Rakete.“ Er lachte. „Tja. Da sieht sie mal, wie das ist, zurückgewiesen zu werden.“

„Aber …“, sagte ich völlig perplex. „Wenn Jared nicht bei Norah ist. Wo ist er dann?“

„Bei mir, Schätzeken“, rief in diesem Moment eine Stimme und ich fuhr herum.

Im nächsten Moment fiel mir eine große Blondine im gelben Sommerkleid um den Hals.

„Angelo?“, fragte ich überrascht und drückte ihn an mich. „Du wolltest doch erst in drei Tagen wieder kommen. Wie …“

„Jared hat mich heute Morgen angerufen und mir alles erzählt, meine Süße. Herbert hat zwar getobt, aber ich habe sofort den nächsten Flieger von Cancun aus genommen und bin zurück nach Hause geflogen. Jared hat mich gerade vom Flughafen abgeholt. Inzwischen bin ich auch sehr froh, dass ich gekommen bin. Mary, Mary. Was machst du nur für Sachen?“

Ich spürte, wie mir erneut die Tränen in die Augen stiegen. Doch diesmal waren es Freudentränen. Angelo war zurück. Dann musste doch jetzt alles gut werden.

„Ich konnte einfach nicht ertragen, dich so aufgelöst zu sehen“, ertönte Jareds Stimme. Er stand im Türrahmen und sah mich entschuldigend an. Bei seinem Anblick fing mein Herz sofort an wieder höher zu schlagen und ich wäre ihm am liebsten um den Hals gefallen. Ich war einfach so erleichtert, dass er mich nicht im Stich gelassen hatte. Ich wusste wirklich nicht, was ich getan hätte, wenn er wirklich mit Norah nach Hause gegangen wäre.

„Da du mich nicht an dich herangelassen hast, ist mir einfach nichts Besseres eingefallen, als Angelo zu holen“, erklärte Jared weiter.

Ich nickte. „Danke“, flüsterte ich.

„So“, sagte Angelo und sah sich um. „Wen muss ich jetzt verhauen, damit meine Mary endlich wieder lachen kann?“

Ich grinste. „Niemanden“, versicherte ich. „Matt

hat mir schon geholfen alles zu klären. Die Spritze gehörte Troy. Das Ganze war einfach nur ein riesengroßes Missverständnis."

„Jab", stimmte Matt zu. „Die Einstichstellen an ihrem Arm waren vom Blutabnehmen in der Klinik und in dem Briefumschlag war einfach nur die Telefonnummer von ihrem Alten. Sie hat ihn vorhin angerufen, weil zu ihm zurück will."

„Wirklich?", fragte Jared. Unglauben spiegelte sich in seinem Blick wieder, als könne er das nicht glauben.

„Nach Hause?" Auch Angelo sah mich fassungslos an. „Aber das kannst du doch nicht einfach machen. Das mit Mr. D kriegen wir schon hin. Troy kann ihm doch sicher alles erklären …"

„Klar …", sagte Troy. „Was genau nochmal?"

Angelo winkte ab. „Du kannst nicht einfach gehen, Mary. Ist dir eigentlich klar, dass Jared zum ersten Mal in seinem Leben ernsthafte Absichten zeigt, eine Beziehung einzugehen?"

Sprachlos sah ich Jared an. „Eine Beziehung mit mir?", fragte ich, weil ich fast schon glaubte, dass das Ganze ein Irrtum sein musste.

„Na mit mir bestimmt nicht, obwohl ich da auch nicht unbedingt was gegen hätte", bemerkte Angelo. „Ich fürchte nämlich, Herbert wird mir nicht so schnell verzeihen, dass ich unseren Liebesurlaub so überraschend abgebrochen habe."

Ich wollte Angelo sagen, dass es mir leidtat für ihn, aber das wäre gelogen gewesen. Herbert konnte mir gestohlen bleiben und Angelo hatte viel Besseres verdient. Außerdem schaffte ich es nicht meinen Blick von Jared abzuwenden, dem es sichtlich unangenehm war, dass Angelo seine Gefühle so öffentlich vor der ganzen Mannschaft ausgebreitet hatte.

Langsam ging ich auf ihn zu und streckte ihm eine Hand entgegen. Jared ergriff sie ohne zu zögern und strich mit den Fingern über meine Haut.

„Stimmt es, was Angelo sagt?", fragte ich unsicher.

Jared nickte. „Ja. Das stimmt. Es tut mir leid, dass ich dir vorhin nicht geglaubt habe und ich möchte es gerne wieder gut machen. Wirklich."

Ich öffnete den Mund, um etwas zu sagen, aber Jared legte mir einen Finger auf die Lippen.

„Aber ich warne dich. Falls du jetzt behaupten willst, dass du kein Interesse an mir hast, schleppe ich dich eigenhändig hier raus und versohle dir deinen hübschen Hintern."

Ich grinste. „Aha. So ist das also?"

„Allerdings." Er zog mich an sich, sodass ich gegen seine Brust stieß. „Und wenn du vorhast wegzuziehen ... Tja. Dann wirst du mich leider mitnehmen müssen. Ich habe nämlich nicht vor, dich so einfach wieder gehen zu lassen. Ich hoffe, dein Vater hat nichts dagegen, wenn ich meinen Anteil der Miete mit Striptease oder Tattoos bezahle."

Ich lachte. „Ich glaube kaum, dass mein Vater damit klarkäme. Vielleicht ist es dann doch besser, wenn ich ihn nur ab und zu mal besuche."

„Heißt das, du bleibst?", fragte Jared und sah mich so intensiv an, dass mir die Knie weich wurden.

Ich nickte. „Ich bleibe."

„Bei so viel Liebe im Raum wird einem ja übel", kommentierte Rick. „Ich glaube, ich verschwinde lieber."

„Ich denke, da schließe ich mich an", sagte Matt.

„Wieso denn?", fragte Troy mit großen Augen. „Es fängt doch gerade an, interessant zu werden."

„Das stimmt", bestätigte Angelo und wischte eine Träne weg. „Aber wenn ihr zwei euch nicht langsam küsst, fange ich gleich an zu heulen."

Jared grinste, ließ mich nach hinten fallen und beugte sich über mich wie bei einem Tango. Ich wollte protestieren, doch sein herausfordernder Blick stoppte mich.

„Sie wollen eine Show?", fragte er. „Die können sie haben."

Dann küsste er mich innig und plötzlich vergaß ich völlig, worüber ich mich eigentlich beschweren wollte.

Liebe Leserin, lieber Leser!

Ich hoffe, dass Liam Ihnen schöne Stunden bereiten konnte, und würde mich sehr über eine Amazon-Rezension freuen!
Wenn Sie mehr von den Diamond Guys erfahren möchten, besuchen Sie die Jungs doch auf Facebook: www.facebook.com/TheDiamondGuysSeries.
Hier halte ich Sie über die Serie auf dem Laufenden – und liefere jede Menge „visuelle Unterstützung" für die Bilder im Kopf ;)

Alles Liebe!
Jade McQueen

PS: Weiter geht es mit …

The Diamond Guys
Matt

Stacy Moretti weiß eines genau: Ihr Freund Matt ist die Liebe ihres Lebens. Ihren konservativen Eltern allerdings ist der draufgängerische Diamond Guy mit dem Motorrad schon lange ein Dorn im Auge. Viel lieber würden sie ihre Tochter an der Seite von Joey Corvello sehen, einem guten Bekannten der Familie – und schrecklichem Schnösel, wie Stacy findet. Doch dann geschieht genau das, wovor ihre Eltern sie immer gewarnt haben: Matt enttäuscht Stacy zutiefst.

Verzweifelt wendet sie sich von ihm ab, und ausgerechnet Joey Corvello ist zur Stelle, um sie zu trösten. Dabei ahnt sie nicht, was Matt alles auf sich nehmen muss, um ihre Liebe zu retten …

Leseprobe

Matt Harding spürte das Adrenalin durch seine Blutbahn schießen. Sein Puls schnellte in die Höhe, sämtliche Muskeln spannten sich an, und die smaragdgrünen Augen verengten sich misstrauisch.

Rick *The Viking* hatte sich breitbeinig im Umkleideraum vor ihm aufgebaut und wedelte dreckig grinsend mit dem Foto von Stacy.

„Gib das her", fuhr Matt ihn scharf an. Doch der muskelbepackte Idiot im Wikinger-Kostüm rührte sich keinen Zentimeter. Da Matt wie üblich vor dem Auftritt geduscht hatte, war er lediglich mit einem knappen Handtuch bekleidet. Nicht das ideale Outfit, um sich ausgerechnet mit dem Hünen der Truppe zu schlagen. Mal abgesehen davon, dass Mr. D, ihr strenger Boss und Besitzer des *Diamond Club*, Prügeleien strikt verboten hatte. Eigentlich wollte Matt die Regeln nicht brechen und seinen geschätzten Stripper-Job aufs Spiel setzen. Aber jede Faser seines Körpers vibrierte vor unbändiger Wut, denn Rick strich mit dem Finger betont langsam über die Fotografie, als würde er die abgebildete Frau unsittlich berühren. Dabei ließ er ein tiefes Stöhnen aus seiner breiten Brust entweichen und leckte sich obszön über die Lippen.

„Ist das etwa deine Kleine? Meine Fresse ..." Ricks schiefes Grinsen, das in Kombination mit seiner imposanten Gestalt und den eisblauen Augen bei den Frauen im Publikum für hysterisches Kreischen sorgte, war jetzt die Provokation schlechthin. „Alter, ich wusste nicht, dass du mit dem lieblichen Schneewittchen zusammen bist. Was will das Schätzchen von `nem abgefuckten Kerl wie dir, hm?" Er stieß ein höhnisches Lachen aus.

Für einen Moment hielt Matt die Luft an. *Scheiß auf die Regeln, ich stopf diesem Arschloch das Maul.*

„Ich sagte, gib das her!", wiederholte er mit angespanntem Kiefer, während er die Fäuste ballte.

Im nächsten Augenblick legte sich eine Hand auf seine Schulter und ließ ihn reflexartig herumfahren. „Hey ... Ruhig Blut!" Alex stand neben ihm und sah ihn eindringlich an. „Was soll das hier werden?" An den Unruhestifter im Wikinger-Look gewandt sagte er: „Rick, ähm, du eröffnest heute die Show, schon vergessen? Auf die Bühne mit dir!"

Die Erwiderung kam prompt und mit einem gehässigen Mundwinkelzucken. „Mach keinen Alarm, Saxon!" Ricks Blick richtete sich erneut an Matt. „Da, *Firecracker* ... Aber lass die Süße besser nicht in meine Nähe, hörst du? Ich garantiere nämlich für nichts!" Laut lachend hielt er das Foto in die Höhe.

Mit einer gezielten Bewegung riss Matt es an sich. „Fass, verdammt nochmal, nie wieder meine Sachen an!", zischte er. Doch Rick war schon auf dem Weg zur Bühne.

Nach einem kurzen Schweigen klopfte Alex seinem Freund und Mitbewohner mahnend auf die Schulter. „Buddy, ich sag's dir gerne noch einmal: Geh niemals in den Clinch mit diesem Kerl, hörst du? Tu mir einfach den Gefallen! Wenn du mich fragst, ist der in direkter Linie mit *Hulk* verwandt!"

Grummelnd legte Matt Stacys Foto in das oberste Fach seines Spinds. „Ich kann's nicht versprechen ...", sagte er zähneknirschend. Mit einem angewiderten Ausdruck fügte er hinzu: „Ich hasse seine großkotzige Art. Er denkt, er ist jedem von uns körperlich überlegen. Ich würde ihm zu gern das Gegenteil beweisen und ihm die verdammten Hörner stutzen … Hast du mitgekriegt, wie er Sebastian manchmal ruft? ... Se-Se-Sebastian ... Er äfft sein Stottern nach. Ich schwör dir, irgendwann stopf ich ihm sein Scheißmaul."

Alex legte den Kopf schief und seufzte. „Jetzt komm endlich runter und zieh dich um." Dann ließ er die Brauen auf und ab hüpfen. „Dreimal darfst du raten, wer im Publikum sitzt und mit Dollarnoten für deinen knackigen Feuerwehrmann-Hintern winkt."

Bei dieser Bemerkung nahm Matts Blick einen verhangenen Zug an. „Die scharfe Latina-Braut?"

„Oh komm schon, Mann, du kennst doch ihren Namen längst."

Kopfschüttelnd fischte Alex ein weißes Hemd aus seinem Spind und begann es anzuziehen. Seine James-Bond-Nummer kam für gewöhnlich nach Ricks Auftritt als archaisch-wilder Nordmann und stellte einen beliebten Kontrast dar.

„Ich meine nur ... Okay ... Wie weit würdest du gehen, hm? Ein paar Drinks nach der Arbeit? Ein kleiner Flirt?" Jetzt sah er Matt ernst an. „Du steckst ihr hoffentlich nicht irgendwann die Zunge in den Hals? ... Ich frage dich das ganz im Vertrauen. Pass bloß auf dich auf! Du hast nämlich ein tolles Mädchen! Und ich weiß, verdammt nochmal, dass du sie liebst. Also tu nichts, was du bereuen könntest!"

Matt nickte stumm. Wie bei den meisten Dingen hatte Alex recht. Stacy war das Beste, was ihm passieren konnte. Seine Sonne. Aber verdiente sie nicht gerade deshalb etwas Besseres als einen Stripper, der keinen Plan im Leben und noch dazu eine verkorkste Kindheit hinter sich hatte? Nicht ohne Grund hielt er seine Freundin vom *Diamond Club* und den anderen Jungs aus der Truppe fern. Seiner Meinung nach war dies hier kein Ort für ein anständiges Mädchen, das an die große Liebe glaubte. Und an Treue. Aber vor allem an Matt. Und das ihm viel zu oft beteuerte, es werde ihn für immer lieben. Dieses *Für immer* verursachte bei Matt Herzrasen und Schweißausbrüche. Der verfluchte, kleine Teufel auf seiner Schulter war überzeugt davon, dass er Stacy Moretti niemals gerecht werden würde.

Schwer atmend ließ er das Handtuch zu Boden gleiten und griff nach seinen schwarzen Panties. Nur am Rande bekam er mit, wie Alex von irgendwelchen Bond-Songs redete, während ihm jene sternenklare Nacht vor fast drei Jahren einfiel, in der er Stacy begegnet war. Wütend und offensichtlich nicht ganz nüchtern war sie in einem bauschigen, mintgrünen Ballkleid und mit nackten Füßen den Strand entlanggestapft. In einer Hand baumelten ihre Highheels. Trotz ihrer wankenden Bewegungen erschien sie Matt wie ein Wesen aus einer besseren Welt. Als sie laut zu schluchzen und zu fluchen begann, stieg er von seinem Motorrad ab und lehnte sich dagegen, um sie zu beobachten. Obwohl ihm klar war, dass er mit den großflächigen Tattoos auf seinen Schultern alles andere als vertrauenswürdig wirkte, fragte er die fremde Schönheit, ob sie Hilfe brauchte. Mit großen Augen starrte sie ihn einen Moment lang irritiert an. Anschließend folgte ein Schwall wüster Beschimpfungen, die allerdings nicht ihm, sondern einem Typ namens Benjamin Weinstein galten sowie einer offensichtlich ziemlich beschissenen Prom-Nacht. Matt lächelte gerührt und bot ihr an, sie auf seiner Harley heimzufahren.

Wenig später schlangen sich ihre Arme um seine Mitte und ihr Kopf ruhte sanft an seinem Nacken. Ihr weicher Körper und die vollen Brüste drückten sich gegen seinen Rücken. Ihre Wärme kroch durch sein Shirt und unter seine Haut bis in sein Herz.

Während er mit ihr durch Miamis nächtliche Straßen fuhr, streiften ihre langen dunkelbraunen Haare seine Arme und verursachten ein wohliges Kitzeln. Der blumige Duft ihres Parfüms drang viel zu oft in seine Nase und ließ ihn von Berührungen träumen, die zärtlich waren und nicht wie gewohnt hart und ungeduldig.

Als sie ihn schließlich bat, vor einer kleinen Pizzeria anzuhalten, wunderte er sich zunächst, doch es stellte sich heraus, dass das Restaurant ihren Eltern gehörte und sie gemeinsam das Apartment darüber bewohnten. An jenem Abend spürte Matt das erste Mal ein seltsames Ziehen in der Brust und den dringenden Wunsch, dieses Mädchen wiederzusehen: Stacy Moretti.

In ihrer Nähe fühlte er sich wie eine bessere Version seiner selbst.

„Hey ... Alles in Ordnung mit dir?“ Alex hielt inne und betrachtete seinen schweigsamen Kumpel skeptisch.

Erst jetzt bemerkte Matt, dass er gedankenverloren gegen die Wand gelehnt hatte, statt sich anzuziehen. Er stieß einen lang gedehnten Atem aus und nickte.

„Also ich muss in ein paar Minuten raus“, sagte Alex. Mit geübten Griffen schloss er die seitlichen Klettverschlüsse seiner schwarzen Smoking-Hose und band sich die für sein Bond-Outfit unentbehrliche Fliege um. Er stellte sich vor den hohen Standspiegel und schnalzte mit der Zunge, während er in sein Jackett schlüpfte. „Special Agent Alexander Saxon meldet sich zum Dienst, Ladies.“

Matt musste unweigerlich grinsen. „Sind Fynn und Liam im Chill-Raum?“, fragte er schließlich.

„Ja. Sebastian, Jared und Angelo auch. Die wollen den Abschluss-Act besprechen. Seb will was an der Choreographie ändern, glaub ich. Der feilt an jedem Move rum, als wären wir auf `ner Broadway-Bühne. Komm nach, wenn du so weit bist. Und Matt ... vergiss nicht, was ich dir vorhin wegen dieser Latina-Sexbombe gesagt habe!“ Mit diesen Worten verließ Alex den Umkleideraum. Seufzend sah ihm Matt hinterher. Sein bester Freund, in dessen Apartment er umsonst wohnen durfte, konnte ihm wie kein anderer ins Gewissen reden. Das war schlichtweg eine Tatsache.

„Verdammt!“, flüsterte er und rieb sich den Nacken. „Verdammt!“

Mit gespreizten Fingern fuhr er sich durch die dunkelblonden Haare und zog anschließend erneut Stacys Foto hervor. Auf der Unterlippe kauend starrte er es eine Weile an. Dann schob er es umgedreht unter einen Stapel Tank-Tops. Es war Zeit, sich fertigzumachen und auf die Show zu konzentrieren. In alter Routine griff er nach der braunen Sprayflasche mit der Aufschrift *Body Oil*. Seine trainierten Muskeln, die früher nur für wilde Schlägereien gut gewesen waren, konnten inzwischen an einem einzigen Abend, eingeölt und rhythmisch in Szene gesetzt, einen Haufen saubere Dollars verdienen. Erst recht, wenn er sich dabei aus seiner Feuerwehr-Kluft schälte und die aufgeheizten Babes nicht nur seinen Schlauch berühren durften.

Und seit diese eine Lady, die sich weniger ladylike als vielmehr wie ein männerverspeisender Vamp benahm, sein größter Fan war, hatte sich sein wöchentliches Trinkgeld verdoppelt. Bei dem Gedanken an ihre eindeutigen Signale hörte er den kleinen Teufel auf seiner Schulter flüstern: *Spiel mit dem Feuer, Matt! Riskier mal einen Brand ...*

***

Als die letzten Takte des berühmten Bond-Hits *Diamonds Are Forever* verklangen, ließen der begeisterte Beifall und das ohrenbetäubende Gekreische des Publikums die Wände des Clubs erzittern.

Noch einmal rückte Matt seinen Feuerwehrhelm zurecht. Dann umfasste er mit langen Fingern das phallusförmige Ende des zusammengerollten Wasserschlauchs über seiner Schulter. Er holte tief Luft und ließ seinen Brustkorb anschwellen. In der nächsten Sekunde öffnete sich die eiserne Tür zum Clubsaal und ein entkleideter und schwitzender Alex trat keuchend in den Flur. Seine wild verstrubbelten braunen Haare deuteten darauf hin, dass unzählige Frauenhände gierig darin gewühlt haben mussten. Grinsend zeigte er auf seinen silbergrauen Tanga, in dem so viele Geldscheine steckten, wie der Fetzen Stretchstoff es zuließ.

„Ich schätze, die Ladies stehen inzwischen in Flammen. Sie gehören dir, *Firecracker*", lachte er und trottete zufrieden an Matt vorbei zum Umkleideraum.

Durch den Türspalt sah Matt, wie Miles hinter seinem DJ-Pult mit dem Daumen nach oben zeigte. Die ersten Takte des *Bruce-Springsteen*-Klassikers *Fire* ertönten aus den Lautsprechern. Dem langsamen Rhythmus des Songs angepasst, stapfte Matt auf die Bühne hinaus, bis er am Rand ankam, wo er sich breitbeinig aufstellte. Obwohl der Laden mal wieder brechend voll war und aus allen Richtungen geklatscht und geschrien wurde, entdeckte er Roselyn Cortez auf Anhieb. Zwischen ihren Fingern steckten jede Menge Geldscheine und auf ihrem verflucht attraktiven Gesicht lag dieser selbstbewusste, fordernde Ausdruck, den er inzwischen gut kannte ... und fürchtete.

Matt ließ den Schlauch zu Boden gleiten und ergriff mit beiden Händen das anzüglich geformte Ende, das die Fantasie der anwesenden Ladies auf Hochtouren brachte. Ein unbändiges Gejohle begleitete das Kreisen seiner Hüften und schwoll jedes Mal wie eine Welle an, wenn er verrucht lächelnd den nächsten Move präsentierte.

Mit einem Seitenblick registrierte er, dass der Stuhl für den Höhepunkt seines Acts bereitstand. Matt ließ sich auf die Knie fallen und begann, die metallenen Verschlüsse seiner Jacke aufzuklappen, als eine Frau mit wallender schwarzer Mähne aus der Menge trat und sich dicht vor ihm aufstellte. Roselyn! Ungehindert steckte sie ihm die ersten Dollarnoten in die Hosentaschen und spitzte erwartungsvoll die Lippen. Matt belohnte sie mit einem schiefen Lächeln. Gleichzeitig lief ihm ein Schauer über den Nacken, als witterte er Gefahr. Die Jacke von sich schleudernd sprang er auf die Füße. Er schob die abgespreizten Daumen unter die Hosenträger, dehnte diese eine Handbreit und ließ sie kurz darauf auf die nackte Haut zurückklatschen. Im Takt der Musik drehte er sich vom Publikum weg, bis er mit dem Rücken zu ihm stand. Dann zog er die Hosenträger langsam über die Schultern, bis sie von selbst herunterrutschten, was sofort ein ohrenbetäubendes Kreischen zur Folge hatte. Mit schief gelegtem Kopf löste er den obersten Knopf seiner Hose. Beim Rest seines Strips würde er sich von der Glücklichen helfen lassen, die auf dem Stuhl Platz nehmen durfte.

Bereits in der Drehung zum Publikum streckte er die Hand aus. Und als ausgerechnet Roselyn sie energisch ergriff, noch bevor die anderen Ladies eine Chance dazu hatten, zog er die junge Frau kurzentschlossen mit einem Ruck zu sich hoch. Mit einem ungewohnten Kribbeln unter seiner Haut hob er sie auf seine Arme, um sie zum Stuhl zu tragen ...

The Diamond Guys: Matt.
Ab Juni 2015 erhältlich auf Amazon!

The Diamond Guys: Liam

Rayne Adams ist am Boden zerstört – nicht nur, dass ihr Exfreund sie zu seiner Hochzeit eingeladen hat (via Facebook!), nun wurde sie auch noch aus ihrer Streetdance-Truppe geworfen. Als sie sich in einer Disco den Frust von der Seele tanzt, wird Liam auf sie aufmerksam. Der "Diamond Guy" hat ebenfalls gerade Stress in seinem Job: Dank seines dezent übersteigerten Selbstbewusstseins hat er sich bisher immer auf sein attraktives Äußeres verlassen, kann aber tänzerisch nicht mit den anderen Jungs mithalten. Rayne erklärt sich bereit, ihm bis zum nächsten großen Event im Diamond Club ein paar heiße Moves beizubringen, doch nur unter einer Bedingung: Er muss für die Dauer des Trainings enthaltsam bleiben. Und das bedeutet für den Frauenhelden eine noch viel größere Herausforderung als das Tanzen ...

The Diamond Guys: Liam
Seit März 2015 im Handel!

The Diamond Guys: Fynn

Sarah Harper hat alles: Geld, gutes Aussehen und bald auch noch einen Ring am Finger von Hugh Hamilton, einem der begehrtesten Junggesellen von Miami Beach.
Als ihre Freundinnen sie zwei Wochen vor der Hochzeit auf ihrem Junggesellinnenabschied in den Diamond Club entführen und sie dort Fynn kennenlernt, lässt sie sich zu einer folgenschweren Nacht hinreißen. Ein gefährliches Spiel mit dem Feuer beginnt. Denn Hugh Hamilton ist kein Mann, der sich etwas wegnehmen lässt …

The Diamond Guys: Fynn
Seit April 2015 im Handel!

6047455R00142

Printed in Germany
by Amazon Distribution
GmbH, Leipzig